IMPLACABLE

LE RANCH DES LOUPS
TOME 8

RENEE ROSE
VANESSA VALE

RÈGLE DE LA MEUTE N°8 : NE JAMAIS MENTIR À SA COMPAGNE.

J'ai enfreint cette règle le jour où je me suis présenté sur le pas de sa porte.

J'ai juré de protéger mon espèce de toute menace.

Comme elle est humaine, elle pensait que j'étais là pour le travail.

Elle ne savait pas que j'avais l'intention de descendre son patron métamorphe.

Je ne savais pas qu'elle mettrait ma vie sens dessus dessous.

Une seule bouffée de son odeur, et j'étais perdu. Non–car je l'avais *trouvée, elle.*

Il m'a été impossible de partir sans elle. Alors, je suis resté pour la nuit. Je l'ai faite tomber amoureuse de moi.

Mais elle ne sait pas ce que je suis. Ce que je fais.

Je ne suis pas juste un employé de ranch, je suis un homme de main métamorphe.

Le temps presse et je dois finir le travail.

Je dois conquérir le cœur de ma compagne et la revendiquer avant que mes mensonges ne me rattrapent.

Avant qu'elle ne découvre ce que je suis et ce que je fais.

Ou ce que je ferai pour la protéger.

Pour qu'elle soit *à moi.*

1

JOHNNY

— La première fois qu'on tue, c'est toujours la plus difficile, dit Clint Tucker en se penchant sur le corps.

Au sol se trouvait le métamorphe rebelle que nous avions traqué à la demande du Conseil des métamorphes. Après une audience, ils l'avaient condamné à mort parce qu'il était de la pire espèce. Il méritait de mourir.

Mais Clint avait tort : ce n'était pas difficile du tout.

— Il a tué sa compagne, dis-je, même si Clint savait ce qu'il avait fait. Ils se sont disputés et... il l'a tuée.

Je secouai la tête, passai une main sur mon visage et me rendis compte qu'il y avait du sang dessus.

Formidable.

— Et les louveteaux, ajouta Clint. Ils se sont cachés sous le porche de la maison. Ils ont tout entendu, dit-il en crachant sur le corps. Quelle brute. Ils ne sont sortis qu'après son départ. Ils ont trouvé leur mère avec une balle dans la tête. Ils ont appelé leur alpha.

— Ils ont fait ce qu'il fallait faire, dis-je.

Clint ne ressentait aucun remords d'avoir abattu ce type et moi non plus. Il avait une compagne et une magnifique petite fille. Lily. Il ne reculerait devant rien pour les protéger.

Il acquiesça.

— Exact. Quand il sera temps pour Lily de trouver un compagnon, je répondrai à la porte d'entrée avec mon fusil et mes balles en argent.

Je ne pus m'empêcher de sourire, même à un moment pareil. Nous étions quelque part au cœur des Bighorn Mountains, à l'ouest de Ranchester, dans le Wyoming. Nous avions suivi ce type jusqu'ici, depuis son territoire dans le Dakota du Nord.

C'était tôt le matin, une heure avant le lever du soleil. L'air était froid, le vent fouettait les pins. Le vent soufflait en permanence par ici, ce qui avait contribué aux déboires de cet enfoiré. On l'avait senti à des kilomètres.

— Ce n'est pas mon premier meurtre, admis-je.

Le premier en tant qu'homme de main, le premier autorisé. Mais j'avais déjà fait couler le sang auparavant.

Il leva les yeux du corps pour croiser mon regard. La lune se couchait, mais je pouvais lire la question dans ses yeux.

— J'ai déjà tué un homme, admis-je.

Ses yeux s'écarquillèrent légèrement, mais il ne réagit pas davantage. C'était un type placide.

— Bordel, Johnny.

— J'avais dix-huit ans. On est allés aux Jeux de la Meute avec notre mère, on était accueillis par son ancienne meute. Et il y avait un métamorphe qui s'intéressait à ma sœur.

Je crachai presque le dernier mot parce que ça me mettait toujours en colère.

— Son compagnon ?

Je secouai la tête.

Si c'était bizarre pour lui d'avoir cette conversation devant un cadavre, il ne le montrait pas. J'étais sûr qu'en tant qu'homme de main, maintenant à la retraite, il avait dû voir toutes sortes de saloperies. Il avait quitté le métier quand il avait trouvé Becky, sa compagne humaine. Sauf qu'il s'était porté volontaire pour venir faire ce boulot avec moi puisque nous étions membres de la même meute, et que c'était mon baptême du feu.

Maintenant que Clint se retirait, j'étais le nouvel homme de main de la meute des Wolf. Rob Wolf connaissait mon passé et s'était porté volontaire pour m'accueillir lorsque j'avais été banni de ma meute natale. Il savait ce que j'avais dans le ventre. Connaissait mon côté protecteur. Mes tendances violentes. Et même, probablement, mon côté très obscur. C'était pour ça que j'avais été choisi pour le poste d'homme de main. En plus d'être célibataire et encore jeune.

— Que s'est-il passé ?

— Je pensais qu'elle aussi s'intéressait à lui. Peut-être

que c'était le cas, peut-être pas. Tout ce que je sais, c'est que je l'ai surpris en train de l'agresser dans les bois, dis-je en serrant les dents. Je l'ai arrêté, mais...

C'était pire que ça, mais je n'avais pas besoin de le dire à haute voix. Je me remémorai la couleur rouge que j'avais vue au travers de ma colère, puis le rouge de son sang qui avait imprégné le sol.

— Je suis allé trop loin.

Il me donna une tape sur l'épaule.

— Protéger les plus faibles que toi est le signe d'un bon alpha. Et pour être un homme de main, il faut être prêt à aller trop loin. C'est la seule façon d'arrêter un métamorphe qui a mal tourné.

Je déglutis malgré la boule en travers de ma gorge.

— Ouais. Il avait sacrément mal tourné.

— Tu feras un homme de main solide. Tu as ça dans le sang.

Je baissai les yeux, me souvenant de ce qu'ils m'avaient fait après le meurtre. Ils m'avaient chassé de ma meute. Séparé de ma famille.

— Ce meurtre n'avait pas été autorisé.

Il haussa les épaules.

— Et alors ? S'il faisait du mal à ta sœur, cela signifie qu'il avait probablement fait du mal à d'autres avant et qu'il le referait après.

Clint était un justicier dans l'âme.

Il avait protégé la meute et appliqué la justice que le Conseil avait rendue. Il avait travaillé en étroite collaboration avec Levi, un autre métamorphe et membre de la meute des Wolf qui était le shérif de Cooper Valley. Ensemble, ils avaient été de grands protecteurs, non seulement pour la meute mais aussi pour les humains.

Leurs rôles respectifs étaient essentiels pour préserver notre secret et celui de notre espèce. Le fait que sa compagne soit humaine et Lily les deux à la fois était également un avantage. C'était parfait.

Maintenant, j'occupais le rôle de Clint et j'étais déjà ami avec Levi. Néanmoins, je me demandais si j'étais à ma place. Si j'étais trop bon. Trop violent pour ce travail.

— J'ai dû passer devant le Conseil.

Cela avait été vraiment terrifiant.

— C'est pour ça qu'ils te connaissaient.

Je ris, même si ce n'était pas si drôle que ça.

— Oui. Ma punition a été d'être envoyé au ranch Wolf. J'ai dû quitter ma famille.

— Le Ranch Wolf n'est pas une punition, mon pote, me rappela Clint. Tu sais bien.

Ce n'en avait pas été une.

À l'époque, j'avais pensé différemment, mais maintenant je savais que ce n'avait pas été le cas. Cette meute du Montana était vraiment géniale. J'avais peut-être quitté ma famille en quittant mon ancienne meute, mais j'avais trouvé une nouvelle famille chez les Wolf. J'étais à ma place ici.

— Ta sœur est saine et sauve grâce à toi, ajouta-t-il.

Je baissai les yeux sur un autre métamorphe qui aimait frapper les femmes. Il ne ferait plus de mal à personne non plus. Je hochai la tête pour indiquer que j'étais d'accord avec lui.

— Elle est en couple maintenant et a eu deux louve-teaux, dis-je en pensant à Simi.

Je ne pus m'empêcher de sourire un peu et de ressentir de la fierté.

Il sourit.

— Bien. On dirait qu'elle a surmonté tout ça.

Son sourire s'effaça et en m'observant, il me demanda :

— Et toi, alors ?

Le vent ébouriffa mes cheveux, l'air rafraîchissait ma peau moite. Avais-je tourné la page après ce qui était arrivé à Simi ?

Je secouai la tête.

— Non. Moi pas du tout.

Accroupi, je fouillai les poches de l'homme pour lui prendre ses papiers d'identité. Nous allions le laisser ici, à des kilomètres de toute civilisation, loin de toute route. Les animaux se chargeraient de lui.

Je levai les yeux vers Clint.

— Et au vu de ça, qu'est-ce que je suis ? Un homme dangereux ? Impitoyable ? Je ne trouverai jamais de compagne avec ce que j'ai en moi.

Il ôta son chapeau, passa une main dans ses cheveux bruns, puis le remit en place.

— Ton âme n'est pas noire, mon pote. Ce n'est pas toi qui l'as condamné à mort. C'est le Conseil. Tu ne fais qu'ap-pliquer leur décision. Souviens-toi de quelque chose, il y a une menace de moins pour ceux qui ne peuvent pas se protéger eux-mêmes. Tu t'en rends compte. Tu en es conscient.

Je lui lançai le portefeuille du type.

— Et pour une compagne ? continua-t-il. Tu as vu comment tous les gars du ranch avaient trouvé la leur. L'un après l'autre. Même moi. Donc ça arrivera quand tu t'y attendras le moins.

Je me levai. Je ne voulais pas continuer à parler de ça. Nous avions fait notre travail. Il avait raison. Tous les autres gars du Wolf Ranch avaient trouvé leur compagne. Mais ils n'avaient pas commis de meurtre.

Moi si.

2

EMMA

Il était presque dix heures du soir et j'étais encore au travail. Pfff.

— Emma, dépêche-toi. On n'a pas toute la nuit.

Mon superviseur, Stan, frappa dans ses mains en passant devant mon box.

Quel connard.

Inclinant la tête en arrière, je fis tourner mon cou endolori.

Mon Dieu, ce job était un cauchemar. Je pensais avoir décroché le boulot de mes rêves quand j'avais été embauchée pour travailler sur la création d'images de synthèse à Hollywood. Mon diplôme de design avait porté ses fruits, et j'avais pensé que vivre dans une grande ville au bord de l'océan allait me combler.

Je pensais que j'étais la jumelle chanceuse, pour une fois.

Travailler tard le soir ne m'avait pas dérangée. Travailler quatre-vingts heures par semaine non plus. Je m'y étais attendue. J'avais toujours été la plus studieuse des deux sœurs. Cette fois-ci, j'avais pensé que j'avais tiré le gros lot. Mais deux ans et demi plus tard, je gagnais toujours le même salaire et je travaillais le même nombre d'heures. Ma confiance en moi avait été réduite à néant. Je ne me souvenais même plus de la dernière fois où j'avais vu l'océan ou quoi que ce soit en dehors de mon bureau.

Les choses auraient été différentes si j'avais eu l'impression que mon travail était respecté ou si on m'avait remerciée pour ce que je faisais.

Mais cela n'arriverait jamais ici. Jour après jour, le même travail monotone et interminable, cela devenait de plus en plus évident.

Je serrai les dents et finis de créer la scène d'explosion qu'on m'avait demandé de refaire cinq fois. Non pas parce que j'avais fait quelque chose qui ne convenait pas, mais simplement parce qu'une nouvelle personne était intervenue avec une vision différente.

C'était comme ça dans le cinéma. Je savais qu'il valait mieux ne pas s'énerver.

Ou peut-être que j'aurais dû, mais je savais que c'était une perte de temps.

Mon téléphone sonna et j'y jetai un coup d'œil. C'était Lyssa. Il était presque onze heures du soir dans le Montana, mais c'était une fêtarde.

— Salut, quoi de neuf ? répondis-je.

— Et toi ? Dis-moi que tu n'es pas encore au travail.

Comme nous étions des jumelles identiques, nos voix étaient identiques, comme tout le reste, mais la sienne était remplie de joie et d'enthousiasme.

Je soupirai.

— Je ne peux pas, sinon je mentirais.

— Tu es sérieuse ? On est dimanche. Tu n'as pas eu de jour off depuis combien de temps ? Six semaines ? Ce n'est pas comme si on te payait des heures sup.

— Tu prêches une convertie, murmurai-je tout en continuant à bouger les mains sur la souris et le clavier pour programmer l'effet visuel avec le nouveau look qu'ils avaient demandé.

Mon écran était énorme et occupait tout mon bureau. Les lumières étaient éteintes. Je n'avais pas de fenêtres donnant sur l'extérieur. Mon espace était une caverne numérique.

— Il faut que tu démissionnes.

Cela faisait environ un an qu'elle me disait ça, et elle n'avait pas tort. Au début, j'avais résisté à son conseil parce que j'avais un travail. Un travail dans un domaine qui me plaisait. Un travail qui payait les factures, même si je n'avais pas le temps de dépenser ce que je gagnais. Bon sang, je ne passais pratiquement pas de temps dans l'appartement pour lequel je payais un loyer.

Qu'est-ce que ça m'avait apporté d'être si « sérieuse » ?

Absolument rien. Voilà où ça m'avait menée.

Le fait qu'elle m'appelle alors que je me lamentais sur mon sort ne faisait qu'empirer les choses. Ça me rappelait ce que j'aurais pu avoir si je n'avais pas été la jumelle responsable. J'avais passé ma vie à être cette personne. La jumelle barbante. La jumelle silencieuse. La jumelle démodée. La jumelle timide. La jumelle ringarde. On pouvait placer n'importe quel adjectif qualificatif négatif avant jumelle et cela me correspondrait.

Pendant ce temps, Lyssa, qui menait une vie erratique, sauvage et folle, avait toujours privilégié le luxe, le confort et le plaisir. Elle changeait constamment de travail, mais n'avait jamais eu de salaire annuel inférieur à six chiffres. Elle ne travaillait pas non plus quatre-vingts heures par semaine.

— Emma, vous êtes au téléphone ? lança Stan à travers le bureau. Vous n'avez pas le temps de passer des coups de fil.

— Oh mon Dieu, est-ce qu'il est en train de te crier dessus ? Il est genre... vingt-deux heures ! Démissionne ! Emma, sérieusement. Démissionne. Lève-toi et pars. Il ne t'arrivera rien de mal, je te le promets.

Lyssa était furieuse à ma place. Elle savait que j'étais du genre à m'inquiéter. Que je réfléchissais trop à tout. Que je croyais que si je n'étais pas prudente et attentive, quelque chose de grave allait arriver. Ma jumelle était tout le contraire. Elle ne s'inquiétait jamais de rien. J'avais un agenda et chaque seconde de ma journée était planifiée, alors qu'elle se laissait littéralement porter par les événements. Je remettais tout en question, sachant que quelque chose de terrible pouvait arriver si je faisais les mauvais choix. C'était peut-être pour ça qu'elle disait que *rien de mal n'arriverait*. Elle savait que c'était exactement ce à quoi je pensais si je faisais ce qu'elle disait et que je démissionnais.

Je me mordis la lèvre, je n'avais jamais été aussi tenté. Devrais-je démissionner ? Ô que oui. J'étais au plus mal. Mes seuls moments agréables, en dehors des conversations avec Lyssa, se résumaient au moment où je me jetais sur mon lit le soir et lorsque je prenais une douche chaude le matin. C'était déprimant d'en être réduite à cette vie.

Ce travail me tuait.

— Je travaille, Stan. Je peux travailler et parler en même temps, m'écriai-je.

Je n'étais pas insolente d'habitude. Ça devait être l'influence de Lyssa.

Ou le fait que j'étais à deux doigts de faire une dépression nerveuse. J'attrapai ma tasse de café préférée et vis qu'elle était vide. Merde. J'avais besoin de plus de café.

— Je suis sérieuse à propos de démissionner, dit Lyssa sur un ton ferme. Tu pourrais venir dans le Montana et tout simplement décompresser, loin de toutes ces conneries.

— Hmm.

C'était tentant. Très tentant.

— Mon patron n'est jamais là, continua-t-elle. Enfin, je l'ai rencontré. Il était là pour l'entretien d'embauche. Mais il vient et il repart. La dernière fois que je l'ai vu, c'était il y a deux semaines, et il a dit qu'il ne reviendrait pas ce mois-ci.

Son nouveau boulot était de travailler comme intendante de ranch pour un milliardaire qui possédait une immense propriété dans le Montana. Comme il s'agissait de sa deuxième ou peut-être sa septième résidence, le type, comme elle venait de le dire, était rarement là.

Et quel boulot ! Gérer des femmes de ménage pour un endroit qui ne se salissait jamais. Remplir le garde-manger d'un dortoir rempli de cow-boys sexy, selon Lyssa. Elle ne connaissait rien aux chevaux. Rien à la gestion d'un ranch, sauf qu'elle était en train de faire ce travail. Sans avoir un patron sur le dos. Ou, d'après ce qu'elle venait de dire, sans qu'il soit dans le même État.

— En fait, je pars à Ibiza avec le sultan d'Arunai.

Quoi ? Mon cerveau s'arrêta net. *Le sultan d'Arunai ?* LE SULTAN ?

Je n'avais même pas réussi à avoir un rendez-vous avec le gars du bureau de la sécurité en bas, et elle se tapait un sultan ? Et c'était où, bordel, Arunai ? Était-ce une invention de sa part ? Ce type lui avait-il menti sur le fait d'être un sultan ? Comment quelqu'un pouvait-il devenir sultan ? Voulait-elle dire Aruba ?

Mon Dieu, je pensais à tous les dangers possibles, Lyssa était du genre : « *Cool. Allons-y. Je me fiche que tu mentes, tu baises bien et je veux un voyage gratuit.* »

— Quoi ? demandai-je. Ibiza ?

— Je sais ! dit-elle en riant. C'est fou, non ?

Oui, c'était complètement fou.

— Et tu allais me le dire quand ? demandai-je.

— *Emma !* cria Stan. Vous êtes *toujours* au téléphone ?

— C'est pour ça que j'ai appelé, dit Lyssa.

Je secouai la tête, incapable de suivre une conversation

avec deux personnes différentes qui me parlaient en même temps.

— Pour te raconter cette histoire dingue, continua-t-elle. Tu vois, il était dans le Montana pour voir un taureau qu'il avait sponsorisé, et on s'est croisés dans le seul restaurant de la ville.

— Emma !

La voix de Stan était plus forte cette fois-ci.

— On s'est bien entendus et. . . eh bien, maintenant, il m'emmène en Europe dans son jet privé !

Le rire de ma sœur ne suffisait pas à exprimer à quel point son histoire était incroyable et bizarre. Mais c'était parce que c'était un événement normal dans sa vie. Elle était sortie avec un type qu'elle avait rencontré dans un restaurant. Puis, sur un coup de tête, elle partait en Europe avec lui.

J'allais aller dans la salle de pause pour remplir ma tasse de café. Peut-être y ajouter un peu de crème de noisette. C'était *ça* pour moi un moment excitant.

Ma sœur était littéralement l'être humain le plus chanceux, le plus volage et le plus fou de la Terre. Elle ne faisait aucun effort. Tout lui était servi sur un plateau d'argent.

Qui croisait le *sultan d'Arunai* dans un restaurant du *MONTANA* et couchait avec?

Seulement Lyssa.

Et tout ce que j'avais fait dans ma vie, c'était faire preuve de prudence, et voilà où j'en étais. Dans ma grotte avec un patron pénible qui me harcelait alors qu'il était presque minuit.

— Emma ! Stan était de retour à la porte de mon bureau. Raccrochez et terminez ce foutu travail. Nous n'attendons que vous.

Je levai les yeux et fixai mon patron. Je le détestais. Je détestais mon travail. Je détestais ma vie. Et voilà où la prudence m'avait menée.

Nulle part.

— Vous savez quoi, Stan ? Je me levai de ma chaise à roulettes, qui s'était cassée il y a un an et que je n'avais pas pu faire remplacer. Allez-vous faire foutre.

Ses yeux s'écarquillèrent parce que je ne lui avais jamais parlé comme ça auparavant. Ni à personne d'ailleurs.

— Oh, bravo. Vraiment, bravo.

Le visage mal rasé de Stan devint rouge. Lyssa m'encouragea à voix basse.

— C'est bien. Lâche-toi. Et maintenant, sors de là.

— Cela fait déjà quatorze heures que je suis là, et c'était après avoir travaillé jusqu'à 1 heure du matin hier soir. Tout ce que je voulais, c'était entendre la voix de ma sœur pendant que je travaillais sur les images de fond, avant qu'elle ne parte en vacances et vous êtes là à me casser les couilles.

Waouh. Je n'avais jamais vraiment dit de gros mots de ma vie.

Ça faisait vraiment du bien.

J'ouvris le tiroir de mon bureau et sortis mon sac à main.

— Vous savez quoi ?

Je commençai à fourrer dans mon sac toutes mes affaires éparpillées sur mon bureau. Après huit ans, il n'y en avait plus beaucoup, ce qui était vraiment triste.

— Non. La voix de Stan était pleine d'inquiétude. Vous ne pouvez pas partir. Pas avant que le travail ne soit terminé.

Dans des circonstances normales, je me serais sentie mal pour lui. Son problème serait devenu le mien, je l'aurais résolu pour lui et il en aurait récolté tout le mérite. C'était comme ça que je fonctionnais. J'étais l'employée consciencieuse et responsable. La sœur modèle. Et puis merde. Je n'avais pas de sultan pour me baiser et m'emmener en Europe, mais je n'avais pas à me faire baiser par mon patron sans rien obtenir en retour.

— C'est fini.

Lyssa m'encouragea davantage.

— C'est ça. Dis-lui bien.

Je plaçai mon sac à main trop rempli sur mon épaule, attrapai ma tasse vide, tout en tenant mon téléphone portable contre mon oreille de l'autre main, et lui passai devant en me faufilant par la porte de ma caverne.

— Emma ! Terminez au moins cet effet ! lança-t-il alors que je m'éloignais.

Terminer l'effet ? Il se fichait que je démissionne, il voulait juste que l'effet soit terminé et j'étais la seule à pouvoir le faire. Qu'il aille se faire foutre.

— Je suis désolé, OK ? dit-il et sa voix se transforma en un gémissement. Je n'aurais pas dû me fâcher à cause de votre coup de fil ! Revenez !

Je levai la main qui tenait la tasse et tendis le majeur au-dessus de mon épaule en m'éloignant.

— Voilà, j'ai démissionné, dis-je à Lyssa en ignorant l'ascenseur et en empruntant les escaliers.

Ma voix était légèrement fébrile. J'avais aussi l'impression d'avoir la tête qui tournait un peu.

— Parlons du Montana.

3

JOHNNY

Q̲U̲A̲N̲D̲ R̲O̲B̲ W̲O̲L̲F̲ m'avait dit qu'il voulait que je devienne son homme de main, je n'avais pas eu d'attentes particulières. J'avais pensé que ce serait seulement des missions courtes par-ci par-là. Les métamorphes déviants ne couraient pas les rues. Il avait besoin de moi au ranch familial. Les chevaux ne se nourrissaient pas tout seuls. Les clôtures ne se réparaient pas non plus toutes seules. Un ranch de cette taille avait besoin de moi et d'autres personnes pour s'en occuper à plein temps. Clint, Wes, Joe, Colton et même Rob.

Mais j'en étais maintenant à mon deuxième job en tant qu'homme de main et cela en seulement une semaine.

Cette fois-ci, en solo.

Apparemment Clint avait donné son feu vert à Rob, et mon alpha en était ravi.

Je ralentis mon camion dans l'allée circulaire et levai les yeux vers la maison de maître du ranch. Comparé à cet endroit, Wolf Ranch ressemblait à une cabane sur une propriété de la taille d'un timbre-poste.

La propriété de Mitch Chapman dans le Montana était immense. Des milliers d'hectares immaculés et pittoresques. Des clôtures en rondins de bois fendus bordaient toute la propriété sur des kilomètres le long de la route qui menait à la ville. Des dépendances toutes assorties, comme une femme qui prendrait grand soin de sa tenue et dont le chemisier, les chaussures et le rouge à lèvres seraient tous de la même couleur.

Et la maison aussi.

— Putain, marmonnai-je en baissant le volume de ma radio.

Cette chanson country qui me restait en tête me distrayait de la tâche qui m'attendait.

Cette immense maison était bâtie en rondins et pierres de rivière. Avec des fenêtres géantes. Il y avait des ailes attenantes à gauche et à droite. C'était un bâtiment gigantesque. Il n'avait rien de tape-à-l'œil, ce qui était assez drôle. Il ressemblait à la couverture d'un magazine d'architecture. C'était aussi un vrai symbole de richesse.

Ça avait dû coûter une tonne de fric. Tout cela devait être entretenu par une foule de gens. Par des métamorphes, très probablement, puisque Chapman en était un. C'était le lieu idéal pour courir sous la pleine lune, encore mieux que

Wolf Ranch. Il serait aussi plus facile pour Chapman de cacher ses crimes de métamorphe à une équipe d'humains ignorants. Cela pourrait également fonctionner en ma faveur.

Mais Chapman était plein aux as. Il était milliardaire. Il pouvait acheter qui il voulait.

Il avait fait l'objet d'une enquête du Conseil, et suffisamment de preuves avaient été réunies pour qu'il soit jugé. Des preuves qui montraient qu'il faisait de sacrées saloperies. Le rapport qu'ils m'avaient remis disait qu'il était soupçonné du trafic de femmes métamorphes qui postulaient pour des emplois dans ses différentes entreprises à travers le monde. Il les éloignait de leur meute en leur promettant un emploi de responsable administratif, de comptable ou de vice-présidente, mais elles étaient ensuite emprisonnées et vendues sur le marché noir comme reproductrices. L'une d'entre elles s'était échappée et avait raconté son histoire, ce qui avait donné lieu à une vaste enquête. Il allait maintenant être jugé et, s'il était reconnu coupable, il serait condamné à mort pour ses crimes. Si on parvenait à le retrouver du moins.

J'avais été envoyé au ranch Running Waters parce que Chapman se cachait. Cela faisait deux semaines que personne ne l'avait pas vu. Des hommes de main de tout le pays avaient été envoyés dans ses différentes maisons et entreprises pour le retrouver. J'étais l'homme de main le plus proche de ce ranch dans le Montana, c'était donc ma zone de recherche.

Si nous le trouvions, nous devions le présenter au Conseil.

Les forces de l'ordre humaines procédaient différemment. Chapman aurait été arrêté, peut-être jugé par des humains, mais son argent lui aurait probablement permis de ne pas être condamné. De plus, il était facile pour un métamorphe de s'évader de prison, ce que nous ne pouvions pas permettre.

S'il était reconnu coupable, ce qui était fort probable à ce stade de la procédure, il mourrait.

Je me garai, descendis de ma camionnette et mis mon chapeau de cow-boy sur ma tête. Même si je n'étais pas censé tuer ce type, je ne lui faisais pas confiance. Néanmoins, je laissai mon pistolet avec des balles en argent sous le siège pour l'instant. Je devais évaluer la situation avant d'entrer, armé jusqu'aux dents. Je devais déterminer qui se trouvait sur la propriété et s'ils risquaient de me causer du souci. S'il y avait des innocents dans les parages, humains ou métamorphes. Je voulais me faire une idée de l'agencement de la propriété.

J'avais une couverture facile : en tant que membre de la meute voisine la plus proche, mon alpha m'avait envoyé pour prendre contact et l'inviter à venir participer à une course lors de la pleine lune ce mois-ci. C'était une proposition tout à fait plausible, et s'il avait été autre chose qu'un sale type dangereux et sans scrupules, nous aurions été ravis de l'accueillir.

Au-delà de la maison, le terrain descendait en pente douce vers une vallée peu profonde où un ruisseau serpentait à perte de vue. De gros peupliers bordaient l'eau, créant une bande de verdure. Plus loin, l'herbe ondulante soufflait sur une prairie sauvage.

C'était magnifique, putain.

Je gravis les marches, sonnai à la porte et attendis. Juste avant que je ne me résigne à faire le tour de la maison, l'énorme porte s'ouvrit.

Une femme se tenait sur le pas de la porte, m'adressant un léger sourire.

— Bonjour.

Putain de merde, elle était vraiment magnifique. Ses cheveux bruns, presque noirs, lui tombaient en cascade dans le dos. Ses yeux étaient tout aussi foncés, grands et bordés de longs cils. Elle avait les pommettes hautes, un nez retroussé et... bon sang, des lèvres pulpeuses qui auraient été parfaites autour de ma bite.

Elle était petite, environ vingt centimètres de moins que moi, mais sans paraître fragile. Sous son simple jean et son t-shirt blanc à col en V, je ne pouvais pas manquer de voir qu'elle n'était pas maigre, avec des courbes que je pourrais saisir et auxquelles je pourrais m'accrocher. Elle était... parfaite.

Comme je ne disais rien, me contentant de la regarder, elle pencha la tête sur le côté et ajouta :

— Je peux vous aider ?

J'avalai ma salive et retirai mon chapeau de cow-boy, que je posai contre ma poitrine.

— Bonjour. Je viens voir Mitch Chapman.

L'espace d'un instant, elle écarquilla les yeux.

— Je suis désolée, il n'est pas là.

Je ne doutais pas de ses paroles. Toutes les expressions semblaient se succéder sur son visage. Surprise, inquiétude, et certainement un soupçon d'intérêt.

Chapman avait la cinquantaine. Était-elle sa fille ? Il n'y avait aucune mention d'une fille dans son dossier. Pas de compagne non plus. Une petite amie ? Cette seule pensée me donnait envie de traquer ce salaud et de le tuer rien que pour ça. Waouh, c'était nouveau, cette... agression. Pourquoi étais-je attiré par cette métamorphe ?

J'appuyai mon avant-bras contre le cadre de la porte pour me rapprocher d'elle.

Elle ne recula pas. Son regard parcourut les muscles de mon bras puis se posa sur mon visage, elle écarquilla légèrement les yeux et des taches de couleur apparurent sur chacune de ses joues.

J'inhalai profondément et compris deux choses d'un coup. Ce n'était pas une métamorphe. C'était une humaine. Et, compte tenu de la réaction instantanée de mon corps à son odeur, cette belle humaine était ma compagne.

4

EMMA

Euh, waouh. Il y avait un cow-boy très sexy à la porte. Avec une chemise moulante et tout. Est-ce qu'il flirtait avec moi ?

Je n'aurais pas su le dire, car je n'avais pas eu de petit ami depuis... je ne savais plus quand... deux ans ? Pas depuis que j'étais sortie avec Josh, un autre gars de la société de production, pendant quelques semaines. En gros, on avait couché ensemble un soir où on avait travaillé tard et on avait rompu deux semaines plus tard, donc je ne savais même pas si on pouvait considérer ça comme une relation. Ça avait été nul avec un grand N. Nul comme pas d'orgasme. J'avais dû me masturber avant qu'il ne jouisse, seulement au bout de quelques minutes... puis, il était parti.

Non, ce type était époustouflant. Comme un mannequin sorti tout droit des pages de *Sauvage Magazine*. Ce magazine existait-il vraiment ? Sinon, il fallait l'inventer. Parce que j'aurais été en mesure de regarder des cow-boys comme lui *du matin au soir.*

Je savais qu'il existait des calendriers de cow-boys. Il serait M. Janvier. Et Février. Et tous les mois de l'année.

Était-ce le genre de gars qui fréquentaient le ranch Chapman ? Je n'étais pas là depuis assez longtemps pour bien connaître les lieux. C'était immense, et je ne connaissais rien au bétail, si ce n'était que j'aimais ma viande à point. Quant aux cow-boys, je les aimais *exactement* comme cet homme. Si les autres employés du ranch lui ressemblaient, j'allais convaincre Lyssa de faire un échange de jumelles avec moi, comme nous le faisions quand nous étions plus jeunes. J'étais douée en maths et nous avions échangé nos places pour tous ses tests de mathématiques. Je pourrais rester ici et me charger de son travail, qui, apparemment, n'était ni difficile ni contraignant, d'autant plus qu'elle n'était même pas là. Elle pourrait partir à l'aventure, et je pourrais rester là à reluquer le beau gosse. Selon Lyssa, Chapman venait rarement dans ce ranch. Personne n'avait besoin de savoir que j'étais sa jumelle.

Il se pencha dans l'embrasure de la porte comme s'il voulait se rapprocher de moi, et j'étais partante.

Vraiment partante pour ce rapprochement.

Il avait des muscles épais et saillants que sa chemise ne parvenait pas à contenir. Une barbe de trois jours recouvrait sa mâchoire et sa lèvre supérieure, ça ajoutait un coté rustique à son look de cow-boy. Je ne voyais jamais ça à L.A. Ses sourcils épais encadraient des yeux noirs qui semblaient hantés. Comme si ce type avait vu des choses qui l'avaient vieilli avant l'âge.

— Est-ce que vous venez de dire *euh waouh* ?

Ses lèvres se tordirent pour former un sourire sexy.

Oh merde ! Est-ce que j'avais dit ça à voix haute ? *Quelle imbécile, quelle imbécile, quelle imbécile !*

— Vraiment ? Oh. Je voulais dire...

Je me creusais la tête pour trouver quelque chose d'intelligent à dire. Quelque chose de coquin. Quelque chose de mignon ? Qu'aurait fait Lyssa ?

Avant que je ne puisse comprendre ce qui se passait, une alarme assourdissante retentit dans toute la maison. Je fis un bond d'environ trente centimètres, suffisamment pour que le cow-boy sexy pense qu'il avait besoin de tendre le bras pour attraper mon coude pour me soutenir.

Je ne regrettais pas ce geste. Pas du tout.

— Quelque chose est en train de brûler ?

Sa voix était un grondement profond et feutré. Il leva le nez pour humer l'air.

— Mes cookies !

Je poussai un cri, réalisant finalement ce qui venait de se passer. J'avais joué à la maîtresse de maison dans la magnifique cuisine du ranch et j'avais décidé de faire des cookies cet après-midi. J'avais été sur le point de les sortir du four quand le cow-boy sexy, ou CS pour faire court, avait sonné à la porte.

Je me retournai, laissant CS dans l'embrasure de la porte.

Super. Si je mettais le feu à la maison, je perdrais ma

chance de garder l'emploi de ma sœur et de rencontrer des cow-boys sexy. Et ensuite, qu'est-ce que je ferais ?

Je me précipitai dans la cuisine, et réalisai que CS m'avait suivie.

Eh bien, c'était charmant. Il était du genre protecteur. Il n'y en avait pas beaucoup comme ça à L.A.

J'ouvris la porte du four et saisis les maniques. Un nuage de fumée s'éleva devant mon visage, et je dus me détourner et tousser, les yeux larmoyants.

— Je m'en occupe, cria-t-il par-dessus l'alarme.

Avant que j'aie le temps de me ressaisir, CS m'arracha les maniques des mains et sortit les biscuits.

— Je vais les emporter dehors.

Il disparut avec la plaque en direction des portes-fenêtres qui donnaient sur une immense terrasse en pierre et une piscine à l'arrière de la maison.

J'étais aux anges. Ce n'était pas comme s'il m'avait portée hors d'un bâtiment en feu, mais bon sang, j'étais presque assez dingue pour mettre le feu à toute la maison juste pour que cela se produise. Je courus vers la deuxième paire de portes-fenêtres, car une seule ne suffisait pas, pour les ouvrir en grand et laisser entrer plus d'air.

L'alarme à incendie continuait de retentir. Je trouvai l'interrupteur de la hotte au-dessus de la cuisinière et allumai le ventilateur. CS réapparut, éteignit le four et ferma la porte.

— Comment on éteint l'alarme ? cria-t-il en regardant le plafond. Ce genre d'endroit a un système câblé. Il ne vous reste probablement que quelques minutes avant que les services d'urgence ne soient prévenus.

Oh merde.

— Euh, d'accord ! Euh...

Je savais où se trouvait le panneau du système de sécurité. Est-ce qu'il serait au même endroit ? Je me précipitai vers la porte d'entrée et CS me suivit. Je composai le code que Lyssa m'avait donné et attendis que l'alarme s'éteigne.

Rien ne se passa.

— Ici...

La voix de CS était un grondement rauque, Il était assez près de moi pour que je sente la chaleur de son souffle contre mon oreille. Devait-il se tenir si près de moi pour m'aider ? Probablement pas. Étais-je contrariée par sa présence ? Non, pas du tout. Il posa une main sur ma hanche et de l'autre, il passa devant moi et appuya sur quelques boutons. L'alarme s'arrêta. Mes oreilles résonnaient encore de son écho. Je soupirai. J'utilisais des ordinateurs complexes et des programmes avancés pour tous mes travaux d'effets visuels, mais je n'arrivais pas à comprendre le fonctionnement d'une alarme.

— Merci.

CS n'avait pas bougé, il était toujours juste derrière moi, sa main reposant maintenant sur le mur à côté du panneau de sécurité, son corps appuyé contre le mien. Et cette main sur ma taille. Large. Douce. Chaude.

Je ne voulais pas bouger. Je ne voulais pas non plus qu'il recule, mais nous ne pouvions pas rester à regarder le panneau toute la journée. Lentement, je me tournai vers lui.

Il ne recula pas. En fait, il se rapprocha de moi.

Nos lèvres n'étaient plus qu'à quelques centimètres l'unes de l'autres, et il examinait les miennes, comme s'il avait envie de m'embrasser.

Oui, s'il te plaît.

Embrasse-moi, cow-boy.

Ou devrais-je l'embrasser ? Juste un petit baiser ? Comme un baiser pour le remercier ? C'était ce que Lyssa aurait fait si un cow-boy sexy l'avait sauvée d'un incident avec des biscuits en feu.

— Je, euh, je n'ai pas compris votre nom, chuchotai-je.

Il ne reculait toujours pas. Il ne me laissait aucun espace et j'adorais ça. Pouvait-il voir que mon cœur battait la chamade ? Mes paumes étaient moites et j'étais boule-versée. Nerveuse. Anxieuse à l'idée de continuer à me planter et qu'il sache que je n'étais pas la Lyssa cool et audacieuse.

Pendant une seconde, la réalité d'être Emma, la desi-gner terne sans emploi et sans vie sociale, me sembla peser une tonne.

Je voulais être la séduisante Lyssa. Avec son esprit sauvage et insouciant qui décrochait des boulots pépères, payée pour ne rien faire dans le ranch d'un milliardaire, puis quittait la ville avec un sultan pour une semaine de sexe torride, avec préservatifs j'espérais. Qui pouvait parler avec les hommes. Qui pouvait rencontrer un inconnu dans un bar, coucher avec lui, puis partir avec lui à Ibiza.

Je n'avais même pas de passeport.

Je l'avais fait. J'avais démissionné. Je m'étais enfuie d'une situation merdique sans aucun filet de sécurité. C'était un truc à la Lyssa ça. Est-ce que je pouvais recommencer ? Être séduisante et amusante ? Non, pas en étant moi-même, ce serait impossible. Emma ne faisait pas ça. Mais je pouvais faire semblant.

Je souris.

— Je suis Lyssa Lane, l'intendante de M. Chapman.

Bon sang, qu'est-ce que je faisais ? Un frisson me parcourut en réalisant à quel point c'était risqué... et exaltant.

Nous étions trop proches pour nous serrer la main. Nous partagions pratiquement le même souffle. Je pouvais voir chacune de ses taches de rousseur. Je voulais lever les mains et parcourir les contours de sa poitrine sculptée.

— Intendante, sympa. Pas petite amie ?

Bon sang, ce grondement profond eut un effet direct sur ma chatte. Pas petite amie ! Il était intéressé ! Par *moi* !

Mon sourire s'élargit.

— Non. Je ne suis la petite amie de personne. Je suis totalement disponible.

Maintenant, je commençais à me sentir comme Lyssa. Comme si prendre son nom m'avait donné la capacité de me déchaîner. De flirter et de me débarrasser de toutes mes responsabilités–même si je n'en avais pas beaucoup ici. De croire en ma chance. Au fait que tout allait bien se passer, quoi qu'il arrive.

— Je ne connais pas votre nom.

Je flirtais réellement. Devais-je faire tournoyer une mèche de cheveux ? Me mordiller la lèvre ?

— Je m'appelle Johnny.

Hum, oui.

— Vous travaillez dans ce ranch ? demandai-je. Je suis nouvelle et je n'ai encore rencontré personne.

Il secoua la tête.

— Je suis une connaissance de Mitch. Je viens de Cooper Valley.

Je n'avais aucune idée d'où cela se trouvait, mais cela n'avait pas vraiment d'importance. Je fis un geste de la main en direction de la cuisine et ajoutai :

— Merci de m'avoir aidée avec le, euh... fiasco des cookies.

Il sourit.

— De rien. Que s'est-il passé ? Ils ont dû rester dans le four bien plus que les quelques minutes qu'il vous a fallu pour ouvrir la porte.

— Vraiment ? J'ai mis un minuteur...

En le disant, je me rendis compte que je n'avais pas dû le mettre. J'avais mis les biscuits dans le four et j'étais partie essayer de comprendre comment utiliser le lave-linge haute gamme pour faire une lessive, ce qui m'avait pris au moins quinze minutes, avant que CS... euh... Johnny... ne sonne à la porte.

— J'ai peut-être oublié de mettre un minuteur. De toute évidence, je suis nulle avec ces trucs.

Je me mis à rire de moi-même, au lieu de mourir de

honte. C'était ce que Lyssa aurait fait, elle balayerait ça d'un sourire.

— Je n'ai pas fait de cookies depuis très longtemps. C'est dommage qu'ils soient ratés. Je vous en aurais offert pour vous remercier de votre aide.

— Et j'y aurais goûté.

Sa pomme d'Adam monta et descendit. Ses yeux s'assombrirent et se posèrent sur mon corps.

— Aux cookies, je veux dire. Ou en fait, à tout ce que vous, euh, me proposerez de goûter.

Il serra, puis relâcha ses lèvres.

— J'aime bien goûter à des choses, Lyssa.

Oh. Mon. Dieu. Je ne rêvais pas, pas du tout. Ce cowboy était complètement à fond Je pouvais l'avoir *tout de suite* si je voulais.

Mais ce ne serait pas prudent. Ce serait dingue. Je ne connaissais pas du tout ce type. C'était peut-être un tueur psychopathe. Il avait peut-être une MST. Il pouvait...

Je pensai à Lyssa. Elle ne connaissait probablement pas le sultan d'Arunai mieux que je ne connaissais ce type quand ils avaient commencé à coucher ensemble, et elle s'était envolée pour Ibiza à bord de son jet privé. En ce moment même, elle devait probablement se faire bronzer sur une plage privée ou sur un yacht privé, et j'étais sûre qu'elle n'avait aucune idée de l'endroit où se trouvait Arunai.

Il ne lui était jamais rien arrivé de mal. Elle prenait du bon temps. Elle vivait des aventures. Elle *vivait tout simplement.*

Qu'aurait fait Lyssa avec Johnny ?

Elle le laisserait goûter à tout ce qu'il souhaitait si c'était ce qu'il voulait faire.

Oui. Oui, elle le laisserait faire. Alors, dans ma tête, j'enlevai ma culotte d'adulte sérieuse et l'échangeai contre un string sexy en dentelle. *Je pouvais le faire. Je pouvais vraiment le faire.*

Je me mordis la lèvre, puis dis :

— Vous avez faim, cow-boy ?

5

JOHNNY

Est-ce que j'avais faim ? Envie de ma compagne ? Je n'avais jamais bandé autant de ma vie. J'avais l'eau à la bouche à l'idée de goûter à elle. Directement à la source.

J'avais envie de mordre son épaule. De la revendiquer. De la marquer. De sentir son odeur, qui rappelait celui des cookies, non brûlés et du miel, et qui rendait mon loup complètement dingue.

Elle était humaine. HUMAINE. Je ne pouvais pas la marquer maintenant.

Mais elle m'avait donné le feu vert pour la dévorer.

Putain, c'était clair. À en juger par son regard sombre, la façon dont elle se mordillait la lèvre, elle en avait autant envie que moi. Mais il y avait aussi de la méfiance et de la surprise. Comme si elle ne proposait pas à tous les cow-boys qui venaient à la porte de la dévorer.

Elle n'avait pas intérêt.

Avec moi, c'était différent. Nous étions différents. Quelques minutes m'avaient suffi pour le savoir. J'avais juste eu besoin de sentir son odeur.

Elle le sentait. Elle avait besoin de ce lien. Même en tant qu'humaine qui ne savait rien des métamorphes. Je commencerais par là. Son désir que je la fasse jouir. Ensuite, et seulement ensuite, je trouverais comment lui expliquer pourquoi elle avait été si immédiatement attirée par moi, je lui parlerais des métamorphes, et lui expliquerais qu'elle allait passer sa vie avec l'un d'entre eux, moi.

J'allais lui lécher la chatte et la doigter, c'était décidé. Mon loup et ma bite étaient d'accord.

D'abord, sa bouche, puis chaque centimètre carré de son corps parfait.

Je m'avançai et, avec ma main posée sur la courbe de sa taille, je la pressai contre le mur à côté du panneau d'alarme. J'enlevai mon chapeau et le laissai tomber sur le sol. Je baissai lentement la tête et la regardai, ses yeux se fermèrent.

Puis ma bouche se posa sur la sienne.

Je grognai. Mon loup rugit. Elle gémit.

Putain, oui.

Elle avait un goût sucré, mais sauvage. Un soupçon d'impatience imprégnait notre baiser et ses doigts s'enroulèrent dans ma chemise, comme si elle croyait que j'allais mettre fin au baiser.

Pas question.

Je n'avais aucune idée de la durée de notre baiser, et j'aurais pu continuer pendant des heures, voire des jours, mais j'en voulais plus.

Passant de ses lèvres à sa mâchoire, je l'embrassai le long de son oreille où je murmurai :

— Putain, t'es magnifique, avant de me mettre à genoux.

Elle était tellement plus petite que moi que même agenouillée, elle ne me dépassait que de quelques centimètres. Nos regards se croisèrent. Ses yeux étaient noirs, embrumés de désir. Ses joues étaient roses. Tout comme ses lèvres, gonflées et humides.

J'étais prêt à découvrir si ses autres lèvres étaient dans le même état.

Avec des doigts qui ne tremblaient pas–c'était ma compagne, et je n'avais jamais été aussi sûr de quoi que ce soit–je remontai le bas de son t-shirt. Je le fis lentement, sans quitter son regard. Je ne le passai pas complètement au-dessus de sa tête, seulement au-dessus de sa poitrine généreuse, de sorte qu'il était juste remonté jusqu'à ses aisselles. J'aimais faire ça, découvrir des parties d'elle qui étaient juste pour moi. Comme son soutien-gorge rose pâle qui mettait en valeur et soulevait à la perfection ses magnifiques seins.

Si elle était aussi éblouissante simplement vêtue de coton, je ne savais pas si je pourrais survivre en la voyant dans un body ou de la lingerie sexy.

Oh, ce serait une sacré manière de mourir.

J'embrassai le creux entre ses seins, puis descendis le long de son ventre à la peau douce. Léchai autour de son nombril, puis défis son jean. Heureusement qu'il était large. Comment ça s'appelait déjà ? Une coupe boyfriend ? Plutôt coupe compagnon pour un accès facile dans ce cas précis.

Avec le bouton défait et la fermeture éclair abaissée, je le fis descendre sur sa taille. Son odeur était plus forte maintenant, et j'avais l'eau à la bouche. Je me demandais si je bavais. Je levai les yeux, observai son regard pendant que je repoussais son jean sur ses hanches et le fis descendre plus bas pour qu'il se retrouve autour de ses chevilles.

Elle ne disait pas un mot, mais sa respiration était saccadée, ses seins se soulevaient dans les limites de son soutien-gorge.

Ce ne fut que lorsqu'elle se mordit la lèvre que je baissai les yeux. Je remarquai sa culotte assortie. J'appuyai mon front sur son ventre, posai mes mains sur l'arrière de ses jambes et fermai les yeux.

Je respirai son odeur.

Je me laissai envahir par les sensations.

Je savourai son corps.

Et je pris également une seconde pour me contrôler. Pour freiner mon désir et mon envie d'elle, car j'étais sur le point de jouir, rien qu'en sentant l'odeur de son excitation. Tout cela était pour moi.

Putain, oui, rien que pour moi.

Incapable d'attendre une seconde de plus, je me baissai

de quelques centimètres et posai ma bouche sur elle, juste au-dessus de sa culotte. Je sentais son odeur. Son goût. Mais ensuite, je devins un peu sauvage et déchirai le coton car c'était la dernière chose qui me séparait de ce que j'avais toujours voulu.

Puis je posai ma bouche sur la chatte de ma compagne.

6

EMMA

— OH MON DIEU ! criai-je, ma voix se répercutant sur les hauts plafonds.

La bouche de Johnny était sur ma chatte. Dans l'entrée de la maison d'un étranger. *Et les portes étaient ouvertes !*

Et Johnny était un type que j'avais rencontré à peine dix minutes plus tôt.

Mais il était doué. Vraiment doué pour me dévorer. Il me léchait et me suçait de façon...

— Johnny ! lançai-je, saisissant sa tête, mes doigts tirant sur ses cheveux soyeux.

Je n'aurais pas dû faire ça avec un inconnu ! C'était de la folie. Puis, il fit un truc où il aspirait et léchait ensuite, et j'appuyai davantage sa tête sur mon entrejambe.

Il grogna, mais ne s'arrêta pas, se contentant de serrer

encore plus fort l'arrière de mes cuisses. J'allais avoir des petits bleus en forme de doigts, c'était sûr. Je m'en moquais. D'ailleurs, je sourirais chaque fois que je les verrais dans le miroir.

Si c'était à cela que ressemblait la vie de Lyssa, elle qui ne se souciait de rien, alors j'avais raté quelque chose.

Josh m'avait fait des avances, mais ça n'avait pas été comme ça. Rien n'avait jamais été comme ça.

J'étais sur le point de jouir, et Johnny n'avait même pas utilisé ses doigts...

Il avait dû lire dans mes pensées en plus d'être un export en cunnilingus, parce qu'il glissa sa main entre mes cuisses et...

Je me mis sur la pointe des pieds lorsqu'il introduisit un doigt en moi, et le recourba.

— OUI !

Il releva la tête assez longtemps pour murmurer :

— Jouis comme une gentille fille.

Puis il se remit à la tâche pour me faire jouir davantage, en suçant mon clito d'une manière qui me rappelait mon vibromasseur, mais en plus sexy et beaucoup mieux. Et ce doigt faisait quelque chose de magique.

Peut-être que j'avais été avec des hommes incompétents. Peut-être que j'étais en fait multi-orgasmique et que je ne l'avais jamais su. Ou peut-être que Johnny était un magicien du sexe parce que j'avais joui. Juste comme ça.

Heureusement qu'il me soutenait parce que mes jambes flanchèrent. Il enleva mon jean en le passant autour d'une de mes chevilles pendant que j'essayais de me remettre ; je n'étais pas sûre de réussir à m'en remettre un jour d'ailleurs. Ce qu'il fit ensuite fut de la pure folie. Il s'accrocha à l'arrière de mes jambes et bascula en arrière, avec précaution–ce qu'il avait dû pouvoir faire grâce à ses abdominaux très puissants–pour se retrouver sur le dos, sur le carrelage en ardoise du vestibule d'entrée.

Où étais-je ? Sur lui. À califourchon sur lui. Avec une facilité ridicule, il me souleva. Juste au-dessus de son visage.

J'étais maintenant agenouillée au-dessus de lui, mon jean accroché à une cheville, ma culotte déchirée et jetée quelque part, mon tee-shirt replié sous mes aisselles. Je le regardais de haut en bas. Ses yeux étaient... waouh, ambrés ?

— Johnny, chuchotai-je.

— J'ai encore faim, ma jolie.

Puis il m'abaissa et essaya de s'étouffer avec ma chatte.

— Tu n'as pas besoin de...

Ce fut tout ce que je pus lui dire avant que toutes mes pensées ne s'envolent.

Et je jouis encore.

Et encore.

Quand il estima que j'en avais eu assez–je n'aurais jamais cru pouvoir supporter autant de plaisir–il me serra dans ses bras. J'étais en sueur, épuisée et rassasiée. Ma respiration était saccadée et j'avais l'impression de ne plus avoir d'os dans mon corps.

Dans mes oreilles, j'entendais les battements de son cœur. Je respirais son odeur. Plus bas, je sentais la pression de son érection contre mon ventre. Ses doigts parcouraient mes cheveux, me caressaient. Comme si j'étais précieuse.

Oui, toute cette série d'orgasmes m'avait de toute évidence rendue un peu dingue. Je pensais comme Emma, pas comme Lyssa. Lyssa ne penserait pas qu'elle était précieuse pour un mec. Elle penserait... qu'il n'avait pas pris son pied.

C'était son tour. Même moi, je le savais.

Je levai la tête, le regardai de haut en bas. Sa barbe luisait à cause de ma cyprine.

Je ne savais pas si je devais être gênée ou excitée. Il ne comblait pas s'en soucier. En fait, vu la façon dont il se léchait les lèvres, ça avait l'air de lui plaire.

Oui, ça lui plaisait vraiment. Aucun homme n'aurait agi avec une telle ferveur avec une femme, s'il n'en avait pas apprécié chaque seconde.

— C'est ton tour.

Je canalisai la coquine intérieure qui sommeillait en moi. Même si j'avais pris mon pied, ma chatte avait envie qu'il la remplisse. En sentant à quel point il était dur, je me disais qu'il allait me combler.

Il me caressa à nouveau les cheveux.

— Ma jolie, je suis d'accord, mais je ne vais pas te baiser pour la première fois à même le sol.

Pour la *première* fois ? Hum, waouh. Ça ne sonnait pas comme un petit coup en passant. Bon, ben. Je n'étais pas d'humeur à me plaindre, c'était certain.

— Je vais prendre mon temps avec toi, promit-il.

7

JOHNNY

Ma bite était tellement dure qu'elle était sur le point de se briser. J'avais le goût de Lyssa sur ma langue, et mon loup était ravi, mais impatient d'en avoir plus. Moi aussi. Lyssa se détacha de mon corps, abaissa son tee-shirt et essaya de remettre son pantalon en place. Je la regardais faire en ramassant mon chapeau posé par terre et en ajustant mon membre endolori dans mon jean.

Même si donner du plaisir à ma compagne était une putain d'expérience spirituelle, le protecteur en moi était toujours sur ses gardes. Les portes étaient ouvertes à l'avant et à l'arrière de la maison, alors je tendais l'oreille pour entendre si quelqu'un s'approchait. Il était hors de question que je laisse quelqu'un voir la belle Lyssa en plein orgasme.

À moins qu'elle n'aime ça. Si c'était le cas, je pourrais travailler à surmonter ma possessivité pour laisser ma femme réaliser ses fantasmes. Sa satisfaction était ma priorité absolue.

Une fois ses vêtements remis en place, je pris sa main et embrassai le dos de sa main.

— Combien de temps avons-nous avant que Mitch ne revienne ?

Je gardais une voix suggestive, essayant de ne pas casser l'ambiance.

Elle n'avait pas besoin de savoir que j'avais l'intention de neutraliser son patron et de l'emmener à son retour. Putain de merde. Comment allais-je m'y prendre avec elle ici ? Je devais la mettre à l'abri, car d'après les preuves et les accusations, ce ranch n'était pas un lieu sûr pour une femme.

Elle haussa les épaules.

— Oh, il ne reviendra pas avant un moment. Des jours. Des semaines, peut-être.

Je me détendis. Elle était en sécurité pour l'instant. Mais il fallait que je prévienne Rob... et le Conseil.

— Je, euh, ne le vois presque jamais, ajouta-t-elle.

Je flairai un mensonge. Que cachait-elle ? Chapman se cachait-il ailleurs dans le ranch ? Était-elle impliquée dans ses méfaits ? Cela me semblait inconcevable, d'autant plus que son crime était de trafiquer des femmes, mais j'étais peut-être aveuglé par le fait qu'elle était ma compagne.

Non, ses paroles étaient plausibles. Chapman était

louche, mais c'était aussi un homme d'affaires. Peut-être qu'il lui avait demandé de ne pas partager son emploi du temps, par souci de confidentialité. C'était logique, mais son petit mensonge la rendait nerveuse.

J'espérais que cela se résumait bien à ça.

Quoi qu'il en soit, nous trouverions une solution. Elle ne le savait pas encore, mais elle était ma compagne. C'était une question de vie ou de mort. Je n'irais nulle part sans elle.

Je mis l'un de ses doigts dans ma bouche et le suçai avec force.

— Cela signifie que je peux prendre tout le temps dont j'ai besoin avec toi, promis-je. Ne bouge pas. Je vais fermer les portes pour que les ouvriers du ranch ne t'entendent pas crier, lui dis-je en lui faisant un clin d'œil.

Une lueur d'inquiétude traversa son visage et je me figeai, réalisant ce que je venais de dire.

Je tendis les bras pour lui attraper les deux épaules et lui adressai un sourire rassurant.

— Oh, merde. Je voulais dire des cris de plaisir.

Est-ce que j'avais l'air d'être une sorte de psychopathe ?

Son visage se détendit et elle se mit à rire.

— Non. Mais je viens juste de te rencontrer.

Elle rougit et détourna le regard.

Bien. Elle avait un bon instinct. Elle se laissait aller avec moi parce qu'elle sentait qu'à un certain niveau, nous étions faits l'un pour l'autre. Sauf qu'elle était humaine, et qu'elle commençait à douter. C'était une fille bien, je le sentais, et les filles bien ne se faisaient pas dévorer par un inconnu dans l'entrée de leur employeur.

Sauf qu'elle l'avait fait. Et elle en voulait plus. Je devais juste faire durer ce côté sauvage. Pour qu'elle continue à laisser libre cours à la *coquine* qui sommeillait en elle.

— Ma jolie, tu es en sécurité avec moi. Je te jure qu'il n'y a pas de gars avec qui tu te sentiras plus en sécurité. Je te défendrai contre–je me retenais de dire *ton patron pourri et probablement dangereux* ou toute autre promesse qui aurait eu l'air trop intense–tu sais, les biscuits brûlés et les alarmes qui se déclenchent. Et, bien entendu, je te défendrai contre tout ce à quoi tu dis non. Moi y compris. C'est une promesse, dis-je en haussant les sourcils et en lui faisant un sourire.

Elle me poussa gentiment et me sourit.

— Je vais fermer celles-ci. Va fermer les portes de derrière.

Bon sang, oui. Elle ne me mettait pas dehors.

Mon sourire s'élargit.

Elle me faisait confiance.

J'inclinai mon chapeau et ajoutai :

— Oui, madame.

Je me précipitai pour fermer les deux portes-fenêtres, profitant de l'occasion pour envoyer à Rob, mon alpha, un petit message pendant ce temps.

Chapman n'est pas là.

Il savait maintenant que je n'étais pas mort et pouvait avertir le Conseil que nous étions dans une impasse.

À mon retour, je pris Lyssa dans mes bras, elle sursauta puis se mit à rire. Oh, c'était un son que j'avais eu besoin d'entendre sans même en avoir conscience. Il apaisa quelque chose en moi.

— Maintenant, de quel côté se trouve ta chambre ?

Elle inclina la tête vers la cuisine.

Je l'entraînai dans cette direction et elle m'indiqua une suite spacieuse pour l'intendante, située après la buanderie. Comme le reste de la maison, elle était aménagée d'une manière somptueuse, avec une cheminée à gaz à deux faces, que l'on pouvait voir de la chambre et de la salle de bains, et une baignoire jacuzzi assez grande pour deux personnes. Lorsque je la ramènerais au dortoir de Wolf Ranch, je me demandai si elle trouverait que c'était un peu rustique. Rob n'avait pas lésiné sur les moyens pour construire ce bâtiment bien aménagé, avec un immense espace commun qui servait à la fois de salle de jeux, de cuisine et de salle à manger. Il y avait aussi de grandes chambres pour chacun et j'étais le seul à y séjourner pour l'instant. Il y avait une cheminée dans la pièce principale, mais pas dans la chambre que Lyssa et moi allions partager. Ni de baignoire jacuzzi.

— Bon sang. Jolie piaule.

Lyssa avait l'air stupéfaite, mais elle sembla se ressaisir :

— Je sais, c'est chouette, hein ? Je veux dire, j'adore cette chambre. C'est un super boulot.

— Depuis combien de temps est-ce que tu travailles pour Mitch ?

— Seulement quelques mois. Pour être honnête, je ne sais pas combien de temps ça va durer. Je pense qu'il change souvent de personnel.

Je fronçai les sourcils. Était-ce parce que c'était un patron instable ? Ou bien les faisait-il disparaître, comme les femmes métamorphes qu'il avait vendues au marché noir ? Cela hérissa les poils de mon loup. Je n'aimais pas que Lyssa travaille pour ce type. Ni le fait que si je n'avais pas été chargé de venir ici pour le chercher, je ne l'aurais jamais trouvée. Elle aurait pu rester en danger.

J'avais envie de frapper un mur et de ne jamais laisser Lyssa s'éloigner de moi.

Je devais me raisonner : *Chapman n'est pas là. Ta compagne est en sécurité. Tu es un homme de main. Ton alpha et le Conseil te font confiance pour protéger tout le monde. Tu ne laisseras jamais rien lui arriver.*

Au vu des preuves, il serait probablement bientôt un homme mort. Dans quelques jours, il serait devant le Conseil, et tout serait fini. La menace qui pesait sur ma compagne aurait disparu. Pour de bon.

Pour l'instant, elle était dans l'endroit le plus sûr qui soit. Avec moi. Et j'avais des choses bien plus urgentes à régler que le fait de penser qu'un autre homme de main allait débusquer le connard dans un autre endroit. Comme la satisfaction sexuelle de ma compagne. Puis, trouver comment la faire tomber amoureuse de moi.

Elle attrapa mon chapeau lorsque je l'allongeai au milieu du grand lit et le jeta sur le sol.

Je retirai mes bottes.

— Je déteste que tu te sois à nouveau couverte, ma chérie. Laisse-moi voir ces seins à nouveau, lui ordonnai-je en sortant mon portefeuille de ma poche pour y prendre un préservatif que je jetai sur le lit à côté d'elle. J'espérais qu'elle ne trouvait pas mon attitude trop rustre.

Ce n'était pas le cas. L'odeur de son excitation se répandit alors qu'elle retirait son chemisier par-dessus sa tête et le jetait sur le sol. Son soutien-gorge rose pâle contenait à peine le renflement de ses seins.

— Putain, c'est magnifique.

J'ouvris ma propre chemise et m'en débarrassai en grimpant sur le lit.

Elle baissa les yeux et marmonna :

— C'est, euh, je ne savais pas que j'aurais de la compagnie...

Mon regard se déplaça de ses seins et se porta sur ses yeux.

— Bon sang, tu ne sais vraiment pas à quel point tu es sexy ? Mets-toi toute nue, que je puisse te voir en entier.

Ses joues prirent une jolie nuance de rose tandis que nous travaillions ensemble pour la débarrasser du reste de ses vêtements.

— Oh !

Son rire était essoufflé pendant que nous nous battions pour faire passer son jean par-dessus son pied.

— Oh merde.

Je secouai la tête comme si quelque chose n'allait pas.

— Qu'est-ce qu'il y a ?

— Tu es trop parfaite.

Des seins généreux, des formes somptueuses, une chatte soigneusement entretenue–que je connaissais maintenant *très* intimement. Elle était plus que parfaite.

Elle sourit. Oui, elle aimait ces compliments. Je lui en ferais tous les jours à partir de maintenant.

Elle saisit le bouton de mon jean et l'ouvrit.

— Ma sœur est la plus sexy. Je suppose que j'ai toujours eu l'impression de ne pas être à la hauteur à côté d'elle.

Je secouai la tête, m'agenouillai devant elle, lui laissant le champ libre pour atteindre ma bite. Du bout des doigts, je fis le tour de son mamelon, parcourant sa peau. Soyeuse et douce. Chaude. *Tout à moi.*

— Personne n'est plus sexy que toi. *Personne.*

Elle rougit encore davantage, fit descendre la fermeture éclair de mon jean et le repoussa sur mes hanches, suffisamment pour que ma bite se libère.

— Tu es plutôt sexy, toi aussi, cow-boy.

Elle rit alors que je m'agenouillais au-dessus d'elle, une main près de sa tête, bloquant toute sa vue, de sorte qu'elle ne voyait que moi.

— C'est comme ça que je t'ai appelé dans ma tête avant que tu ne te présentes. Le cow-boy sexy.

Je poussai un grognement, glissant ma main derrière sa nuque pour élever sa bouche jusqu'à la mienne.

— Je serai ton cow-boy sexy, darling. Quand tu le souhaiteras.

Je l'embrassai, caressant ses lèvres une seule fois avant de les séparer avec ma langue.

Elle trouva à nouveau ma bite et en saisit la base. Mes couilles se contractèrent et je gémis contre sa bouche.

Putain, j'étais tellement excité par cette femme que j'allais jouir avant même qu'on ait commencé. D'autant plus que j'avais son goût sur la langue et que son regard lorsqu'elle avait joui était gravé dans mon cerveau.

Je la repoussai sur le lit et la suivis, embrassant à nouveau sa bouche. Quand je mis fin au baiser, je lui dis :

— Écoute. Je ne veux pas que tu penses que c'est habituel pour moi. Le fait d'avoir un préservatif dans mon portefeuille. De me retrouver au lit avec une femme quelques minutes après l'avoir rencontrée.

Bien sûr, je baisais mais pas à tort et à travers et cela n'avait jamais rien signifié auparavant. Le sexe était appréhendé différemment pour les métamorphes. En tout cas, ça avait été le cas pour moi. Jusqu'à aujourd'hui. Maintenant, en l'espace d'une heure, elle représentait tout pour moi. Je ne ferais plus jamais l'amour avec une autre. Il était crucial qu'elle sache que cela signifiait quelque chose pour moi. Qu'elle était différente.

Elle écarta les jambes et mes hanches s'enfoncèrent dans le berceau qu'elles formaient. Ma bite nue glissa sur son sexe humide et à nouveau, je faillis jouir. Parce que j'avais soudain envie de la pénétrer. Sans rien. Je ne contractais pas de MST, mais les humains n'en savaient rien.

Et puis il y avait la grossesse aussi. Ma bite gicla du

liquide préséminal à l'idée qu'elle puisse être enceinte de notre louveteau.

Patience. Je devais être patient, putain. Il fallait que j'utilise un préservatif, que je protège Lyssa. Pour qu'elle sache que je pensais à sa sécurité et à ses besoins en toutes circonstances.

— C'est pareil pour moi.

Je l'embrassai le long de la clavicule, me promettant de compter et de lécher par la suite toutes ses taches de rousseur.

— Je ne suis pas un homme à femmes, ajoutai-je. J'ai ressenti une véritable connexion avec toi à la minute où je t'ai rencontrée.

Comme un lien permanent, un lien prédestiné.

Je pris un de ses seins en coupe.

— Cette jolie chose et son jumeau m'empêchent de réfléchir.

Je portai ma langue à un mamelon et tournoyai autour de l'aréole marron foncé.

Ses yeux s'écarquillèrent un instant, puis elle éclata de rire. Ses doigts s'enfoncèrent dans mes cheveux.

— Ne pense pas. Lèche, c'est tout.

— Oui, madame, dis-je en guise d'approbation.

Je léchai et suçai son mamelon jusqu'à ce qu'il pointe, puis je changeai pour donner la même attention à son jumeau. Pendant tout ce temps, ma bite palpitait, mes couilles étaient gonflées et douloureuses. Du liquide préséminal coulait sur les couvertures entre ses jambes.

— Dis-moi trois choses sur toi.

Je déposai des baisers sur la peau douce de son ventre,

m'arrêtant pour faire tournoyer ma langue dans son nombril, puis je descendis plus bas.

— Trois choses ?

Elle haussa le ton, comme si elle n'était pas habituée à ce qu'on lui prête de l'attention.

La pointe de ma langue se glissa entre ses lèvres, juste au-dessus de son clitoris, sans entrer en contact avec ce dernier.

— Trois choses, et après je te fais crier.

Elle gigota sous moi, essayant de se rapprocher de ma bouche.

— Trois choses, répéta-t-elle en haletant. Euh, d'accord... J'ai une sœur.

— Ça ne compte pas. Je le savais déjà.

Je déposai un baiser en haut de sa fente et la taquinai une fois de plus avec le bout de ma langue. Je n'en aurais jamais assez.

Elle soupira légèrement.

— Je suis nulle pour faire des biscuits, gloussa-t-elle.

— Non, ça aussi, je le savais. Est-ce que tu te retiens, Lyssa ? lui demandai-je en attirant une de ses lèvres dans ma bouche.

Je la suçai avant de la relâcher avec un bruit sec.

— Je suis créatrice d'effets spéciaux !

Je la léchai généreusement, séparant les deux lèvres et faisant glisser ma langue jusqu'en haut.

— Des effets spéciaux ? Impressionnant. Ça fait un. Encore deux de plus.

— J'adore la glace.

— Accepté si tu me dis aussi ton parfum préféré.

Le mien était la chatte de ma compagne.

— Menthe avec pépites de chocolat.

— C'est noté. Quoi d'autre ?

— Je, heu, n'ai pas fait l'amour depuis deux ans.

— Oh, ma jolie. Merci d'avoir partagé ça avec moi. Je vais faire en sorte que ça vaille le coup.

Je recommençai à m'occuper de sa chatte, à la lécher, à la sucer, à parcourir ses lèvres intérieures avec ma langue. Je pris le petit bouton de son clito entre mes lèvres et l'aspirai.

Ce fut ainsi que j'obtins mon premier cri–dans son lit. J'introduisis deux doigts en elle et caressai en même temps sa paroi interne, juste derrière son clito, pour l'amener à l'orgasme. Elle se contracta autour de mes doigts, sa délicieuse cyprine dégoulinant sur ma paume. Elle serra si fort ses fesses que ses hanches se soulevèrent du lit. Je continuai à sucer son clito pendant tout ce temps.

— Bravo, la félicitai-je lorsque ses cuisses cessèrent de trembler et qu'elle s'enfonça dans le lit.

— Oh mon Dieu, qu'est-ce que tu me fais ?

— Je gagne le droit d'être entre tes jambes, ma beauté.

Elle laissa échapper un bruit entre le rire et le sanglot.

— C'est bon. Tellement bon.

Je rampai sur elle et lui demandai :

— Dis-moi encore trois choses.

— Hum, non, répondit-elle en secouant la tête, ses mains s'approchant de ma poitrine.

— C'est ton tour. Dis-moi trois choses sur toi.

Je lui embrassai le cou, puis me reculai pour m'asseoir sur mes talons et attraper le préservatif. Tout en le déroulant, je lui dis :

— Ok, voici trois petites choses sur moi. Premièrement, lécher ta chatte est ma nouvelle activité préférée. Deuxièmement, je suis employé de ranch à Wolf Ranch, qui se trouve à environ deux heures d'ici. Et troisièmement, il est l'heure que tu chevauches un cow-boy.

8

EMMA

— Waouh, bafouillai-je lorsqu'il passa un bras autour de mon dos et nous fit basculer.

Je me retrouvais sur le lit, au-dessus de lui, à califour-chon sur ses hanches. La facilité avec laquelle il m'avait manœuvrée me fit rire. Saisissant la base de sa bite recou-verte de latex, il se masturba lentement.

Sa main se figea et son regard remonta le long de mon corps nu, puis rencontra le mien.

Nous étions immobiles. Nous regardions fixement.

Le cowboy sexy voulait que je le chevauche. Cette situa-tion ressemblait fortement à un fantasme. Le genre de fantasme que Lyssa appréciait habituellement et dont je n'entendais parler qu'après coup.

Elle avait une boîte entière de sex-toys qu'elle n'avait pas encore ouverte et que j'avais trouvée sous le lit, cela m'avait mise un peu mal à l'aise. Elle devait être la représentante d'un magasin pour adultes ou un truc du genre pour avoir autant de matériel. J'aurais aimé avoir le courage de les sortir et de suggérer que Johnny et moi les utilisions, mais je n'avais aucune expérience en matière de sex-toys. Il ne semblait pas non plus qu'il en ait besoin.

— Johnny, chuchotai-je.

Comme si j'avais besoin de prononcer son nom pour être sûre que je ne rêvais pas.

Qu'est-ce qui m'arrivait ? Est-ce que c'était toujours comme ça pour Lyssa ? C'était toujours aussi facile avec un homme ? Aussi plaisant ? Aussi... parfait ?

Je ne savais rien de lui, à part son nom et son travail. Mais j'avais l'impression de le connaître. J'avais l'impression que c'était un peu spécial. Que c'était plus qu'un simple moment de plaisir.

Est-ce que c'était moi, Emma, qui était stupide ? Est-ce que j'étais stupide de laisser mon cœur entrer dans l'équation ?

— Je suis à toi, darling. Grimpe.

Cette voix rauque mit fin à mes pensées, me permit de me recentrer sur le moment présent. Sur sa grosse, longue, épaisse, énorme, bite bien dure qui n'attendait qu'une chose : que je la mette en moi. Il m'avait déjà fait jouir plusieurs fois, et lui n'avait pas encore joui. Pas une seule fois. Il s'était occupé de moi et de mon plaisir.

Je l'avais fait bander. MOI. Pas Lyssa. Et il était temps d'être celle qui le soulageait. De le laisser prendre son plaisir avec mon corps.

Lentement, je souris.

— D'accord, cow-boy. Voilà, rien ne va plus.

Je me redressai sur mes genoux, puis m'installai jusqu'à ce que son gland épais soit nichée à l'entrée de ma fente. Nos regards se posèrent l'un sur l'autre et je commençai à m'empaler sur son sexe. Mes yeux s'écarquillèrent davantage avec chaque centimètre qui entrait en moi.

— Oh oui, soufflai-je en ressentant à quel point il remplissait bien ma chatte.

Les tendons de son cou ressortirent. Sa mâchoire se crispa. Pourtant, ses mains posées sur mes hanches étaient remplies de bienveillance.

— C'est tellement agréable de te sentir comme ça, je gémis en me soulevant légèrement.

Il poussa un grognement.

Je me laissai retomber, mes cuisses se posant sur les siennes.

— Waouh.

— Ma jolie, tu es en train de me tuer.

Je posai mes mains sur sa poitrine, pivotai mon bassin, puis me soulevai. M'abaissai. Je commençais à le baiser à un rythme régulier.

— C'est si bon, dis-je en commençant à haleter, en commençant à pivoter davantage sur lui et à me frotter chaque fois que je le prenais en entier, aussi profondément que possible.

Il replia les genoux, me calant entre ces derniers et son ventre. Ses mains inclinèrent mes hanches, et je me penchai en arrière. Il s'enfonça encore plus profondément en moi.

Nous gémîmes de concert.

Nous étions à bout. Ce mouvement allait être la dernière chose que je contrôlais. Je recommençai alors à bouger, à le chevaucher, à prendre mon plaisir. J'avais une main appuyée sur son torse, l'autre tendue entre nous, pour jouer avec mon clitoris.

— C'est ça, ma douce. Montre-moi comment tu t'y prends.

Il savait. Avec sa langue, il avait manipulé mon clito à la perfection. Pourtant, il me regardait, presque hypnotisé, alors que je me doigtais.

Je me fichais que mes seins rebondissent ou que nos corps se heurtent. Ou que le son de mes gémissements soit impudique et sauvage. Ou... quoi que ce soit.

Je suivais le plaisir. J'absorbais chacune de ses paroles cochonnes : *Gentille fille. Tu baises si bien. Cette chatte est faite pour ma bite.*

Ma tête retomba en arrière lorsque je jouis, mes parois intérieures se serrant, se contractant autour de lui. Ce devait être ce qu'il attendait, car ses doigts pressèrent mes hanches et il commença à donner des coups de reins en s'enfonçant bien profondément en moi.

Et il grognait, littéralement.

Bon sang ! C'était tellement bon que je ne savais pas si

je devais rire ou pleurer. J'avais raté ce genre de rapports sexuels parce que j'avais été trop prudente.

Eh bien, j'en avais fini avec la prudence.

Je me laissai tomber sur la poitrine de Johnny et tentai de me remettre. Seulement, je n'étais pas sûre de pouvoir m'en remettre un jour. Une aventure avec un cow-boy sexy avait peut-être ruiné ma vie sexuelle.

9

JOHNNY

JE SORTIS DOUCEMENT du lit et attrapai mon téléphone portable dans la poche de mon jean. Il était minuit passé et la respiration de Lyssa était lente et régulière. Elle était couchée sur le ventre, ses cheveux bruns éparpillés sur l'oreiller. Je remontai le drap et la couverture sur son dos nu.

Je vérifiai l'écran et m'aperçus que Rob m'avait envoyé de nombreux messages, ainsi que le Conseil des métamorphes et trois autres hommes de main à la recherche de Chapman.

Putain de merde. Je lui avais envoyé un simple message pour l'informer que Chapman n'était pas là, et maintenant, mon alpha allait me reprocher d'avoir ignoré ses messages pendant des heures.

Mais je venais de rencontrer ma compagne. Prendre soin d'elle primait sur tout le reste. Il devait le comprendre. Cependant, j'aurais dû lui communiquer cette information importante quelques heures plus tôt. Dire que mon loup avait pris les choses en main était un euphémisme, et il n'envoyait pas de messages.

Une fois que j'avais épuisé Lyssa avec nos ébats–putain, ça avait été incroyable–, je m'étais assuré que ma compagne mange et s'hydrate bien. Il n'y avait pas beaucoup de nourriture dans la maison, même pour une cuisine avec deux réfrigérateurs et un garde-manger plus grand que ma chambre dans le dortoir, mais je nous avais préparé de grandes assiettes de *huevos rancheros* en utilisant du chili en conserve, des œufs frais et du fromage.

Il fallait que je convainque Lyssa de retourner à Wolf Ranch avec moi, mais elle était humaine. Même si elle sentait notre alchimie, elle ne connaissait pas l'existence des compagnons prédestinés. Sauter dans un lit pour une aventure était une chose, lui demander de faire ses valises et de partir après l'avoir rencontrée quelques heures plus tôt en était une autre. C'était un peu précipité. Peut-être un peu trop insouciant pour une femme humaine.

Au lieu de lui dire que je partais, j'avais flirté un peu plus avec elle en lui disant que je pensais que le pneu de mon camion avait peut-être accroché un clou et s'était dégonflé.

Elle avait souri et m'avait dit qu'elle pensait que je devais rester pour la nuit, c'était ainsi que j'avais obtenu une place dans son lit.

Mais maintenant, la récréation était terminée.

J'avais un devoir envers ma meute auquel je m'étais soustrait de la manière la plus agréable qui soit, et je devais commencer par enquêter sur la propriété. Pour vérifier que Chapman n'était vraiment pas là et pour voir s'il y avait des preuves de ses actions au ranch. Pour commencer, je décidais d'envoyer un message à Rob, pensant qu'il était trop tard pour l'appeler. Il était déjà en colère. Si je réveillais sa compagne Willow, j'en entendrais parler jusqu'à la fin des temps.

> Désolé, Alpha. J'apprenais à connaître ma compagne. Je l'ai trouvée. C'est une humaine, l'intendante du ranch Chapman. Je vais fouiller la propriété maintenant.

Il me répondit immédiatement.

> Appelle-moi immédiatement.

Il n'était apparemment pas trop tard après tout. Nu, je me faufilai par l'une des portes arrière que nous avions ouvertes plus tôt pour nous débarrasser de la fumée, la refermant doucement derrière moi, puis je pris le temps d'écouter la nuit. Je ne sentis aucune odeur et n'entendis personne à proximité. J'étais seul.

Je composai le numéro de Rob.

— C'était à dix minutes près, j'allais envoyer une fichue équipe pour te chercher, dit-il.

Ces mots signifiaient qu'il avait été inquiet pour moi,

mais sa voix calme ne cachait pas son agacement. Même s'il n'était pas là, je montrai instinctivement ma gorge et baissai le regard.

— Désolé, Alpha.

— Putain de merde, Johnny. C'est ton deuxième job, et tu fais n'importe quoi. J'ai pensé que Chapman t'avait peut-être tué, et que le message de tout à l'heure venait de lui pour nous embrouiller.

Cela ne m'avait pas effleuré l'esprit. Je savais que j'avais beaucoup à apprendre sur le métier d'homme de main, au-delà du fait de tuer. Ça, je savais faire, mais le reste ? De toute évidence, j'avais encore des choses a apprendre.

— J'ai merdé, admis-je en passant une main dans mes cheveux. Je suis désolé. C'est juste que...

— Tu as vraiment trouvé ta compagne ? Le ton de Rob se radoucit.

Le même sentiment d'exaltation que j'avais ressenti au moment où je l'avais sentie pour la première fois éclata dans ma poitrine. C'était à la fois une victoire à célébrer et une sorte de retrouvailles. Le sentiment d'avoir été à la fois perdu et d'avoir découvert quelque chose soudainement.

— Oui, j'en suis sûr. Mon loup a voulu la marquer à la seconde où nous nous sommes touchés.

— Et c'est ce que tu as fait toute la nuit ? Tu l'as *touchée ?*

Je me raclai la gorge et essayai de ne pas sourire.

— Euh, oui, à peu près. Je n'étais pas sûr qu'elle soit prête à ce que je l'emmène en dehors de la propriété, mais c'est ce que je prévois de faire demain matin.

— Tu es sûr qu'il n'est pas là ?

— Elle dit qu'il n'est pas ici. Qu'il n'est pas venu ici depuis plusieurs semaines. Mais je vais prendre ma forme de loup et fouiller tout le ranch maintenant, juste pour être sûr. Même s'il lui a dit qu'il partait, ce ranch est immense. Il se peut qu'il se cache sans qu'elle le sache. D'après ce que je vois, son travail implique qu'elle reste dans la maison principale.

— D'accord. On ne sait pas qui s'y trouve ou ce qu'il y a sur cette propriété. S'il fait du trafic de femmes, il se peut qu'elles soient retenues là-bas.

Je n'aimais pas cette idée. Surtout maintenant, avec Lyssa si proche de quelque chose de si maléfique.

— Je vais vérifier.

— Je veux un rapport complet avant que tu ne retournes auprès de ta compagne. Peu importe l'heure. Compris ?

Je hochai la tête et balayai les ténèbres du regard. C'était un lieu parfait pour courir, et maintenant je pouvais le faire avec un but précis.

— Oui Alpha.

— Bien. Tu es toujours dans la nasse avec moi.

En soupirant, je dis :

— Je sais, Alpha. J'aurais dû appeler plus tôt. J'ai merdé.

— C'est clair que tu as merdé. Maintenant, va faire tes recherches.

— Oui, chef. Je t'envoie un message dès que j'ai fini.

Je raccrochai et posai mon téléphone sur une chaise longue au bord de la piscine. Puis je me transformai.

La seule façon d'enquêter dans un moment pareil était de prendre ma forme de loup. Mon odorat était meilleur. Je pouvais voir dans l'obscurité. J'avais de l'endurance et pouvais courir pendant des kilomètres. De plus, je savais que mon instinct de loup me mènerait là où je devais aller. Je m'élançai, trottant le nez au sol, captant les différentes odeurs de la propriété.

Comme prévu, je perdis rapidement l'odeur de Lyssa. Elle ne sortait donc pas beaucoup de la maison principale. Mon loup n'aimait pas s'éloigner autant d'elle, mais elle était en sécurité dans son lit, et j'avais les ordres de mon alpha.

En continuant, je découvris une grange vide. Pas de chevaux ni de bétail à l'intérieur. Aucune odeur fraîche d'humain ou de métamorphe. Personne n'était venu ici depuis longtemps. Je recherchai des cachettes–des trappes ou des sous-sols secrets–mais n'en trouvai aucune. Je fis le tour de la grande propriété clôturée, mais je ne perçus aucune odeur fraîche. Au-delà de la clôture, il y avait des pâturages. Je sentis l'odeur du bétail dans le vent et estimai qu'il se trouvait à au moins deux cents mètres. Aucune structure ne se trouvait au-delà du pâturage.

Rien à signaler.

Je courus jusqu'à la propriété et repris ma forme humaine. En sueur et sale, je ne pouvais pas retourner au lit avec Lyssa dans cet état, alors j'entrai dans la piscine et m'immergeai. Je m'étais attendu à ce qu'elle soit froide, mais le fait d'être milliardaire signifiait que l'eau était chauffée. Dans le Montana. À la fin du mois de septembre.

Je saisis mon téléphone, et sans bruit, me glissai à l'intérieur, attrapai une serviette dans la buanderie et me séchai. Puis je partis fouiller les lieux à la recherche d'indices sur les allées et venues de Chapman.

Je trouvai ses quartiers en suivant son odeur de métamorphe. Elle s'était estompée. Il n'était pas venu ici depuis un moment, comme me l'avait indiqué Lyssa. Je forçai la serrure de sa chambre gigantesque et fouillai dans ses affaires. Une garde-robe de milliardaire. Des bottes de cow-boy de luxe qui n'avaient jamais vu un grain de poussière. Aucune affaire personnelle, pas de photos ni de papiers.

Je trouvai son bureau et commençai à crocheter la serrure, mais celle-ci était ouverte.

Une pile de courrier ouvert était posée sur le bureau. Je saisis la lettre qui se trouvait sur le dessus et la reniflai.

Elle sentait l'odeur de Lyssa. Cela faisait donc partie des tâches qui lui incombaient en tant qu'intendante.

Je fouillai le bureau, à la recherche d'un coffre-fort, d'un panneau secret ou de toute autre chose sortant de l'ordinaire qu'un milliardaire déviant aurait pu incorporer dans son travail, mais je ne trouvai rien.

Encore une fois, pas de photos ou de papiers personnels. Rien n'indiquait que le type soit jamais venu dans la propriété, en fait. C'était comme une maison d'exposition. Probablement un terrain de cinquante kilomètres carrés déductible d'impôts.

Ce n'était pas dans cette propriété qu'il avait fait les choses dont on l'accusait. Alors que j'étais en train d'envoyer mes conclusions à Rob, j'entendis Lyssa remuer dans la chambre.

Putain de merde ! Je me précipitai silencieusement dans les escaliers et me dirigeai vers l'aile où se trouvait Lyssa.

— Johnny ?

Je fonçai dans la cuisine, jetant mon téléphone sur le comptoir avant d'ouvrir le frigo.

Ma voix paraissait douce et endormie, même si mon cœur battait la chamade.

— Oh salut, ma jolie. Tu as faim ? J'allais juste me chercher un verre de lait.

— Oh, je pensais que tu partais en cachette ou un truc dans le genre.

Je me retournai, la brique de lait à la main, et passai un bras autour de sa taille.

— Aucune chance, ma douce. J'ai un pneu crevé, tu te souviens ? Et puis, au cas où tu ne l'aurais pas remarqué, je suis nu comme un ver.

Je lui fis un clin d'œil et elle me sourit, puis elle appuya sa tête contre mon torse.

— C'est dingue, marmonna-t-elle. Tu es dingue.

— Oui, dingue de toi, répondis-je, en embrassant le sommet de son crâne. Puis je fermai les yeux et respirai son odeur.

10

EMMA

Je me réveillai avec le plaisir que me procurait le corps d'un homme enroulé autour du mien. J'étais dans le Montana, dans un lit géant et luxueux, en compagnie d'un cow-boy sexy. Johnny m'entourait de son bras protecteur et son corps épousait parfaitement la forme de mon dos.

J'avais l'impression d'être dans un rêve.

Toute la journée d'hier, à partir du moment où le cow-boy sexy s'était présenté à ma porte, m'avait fait l'effet d'un rêve.

Depuis le moment où j'avais décidé de dire que j'étais Lyssa, depuis que j'avais quitté mon travail, j'avais moi aussi commencé à avoir de la chance.

En quelque sorte, les choses s'étaient mises en place comme par magie pour moi. J'avais fait brûler des cookies et, la minute d'après, un homme magnifique et attentionné était entré dans la maison et s'était occupé de tous mes besoins sexuels. Il avait comblé des désirs dont je n'avais même pas soupçonné l'existence. Et maintenant, ces désirs étaient bel et bien présents en moi.

Bien sûr, toutes les bonnes choses avaient une fin. Il devait retourner au ranch où il travaillait. Je devais cesser de faire semblant d'être Lyssa et déterminer les prochaines étapes de ma vie. Néanmoins, il fallait que je fasse semblant d'être Lyssa assez longtemps pour sortir du lit, lui jeter ses vêtements et lui dire au revoir lorsqu'il partirait sans la moindre hésitation. Est-ce qu'elle faisait réellement ça ? Quand elle avait une aventure sauvage et sexy avec un homme, et alors que le soleil se levait, passait-elle tout simplement... à autre chose ? Ses sentiments pour les gens étaient-ils si superficiels ? Si inconséquents ? Je n'étais pas sûre de pouvoir vivre comme ça, car je ressentais quelque chose pour Johnny, et plus qu'un plaisir insensé.

Il avait dit qu'il était dingue de moi. J'étais moi aussi dingue de lui. Et peut-être un peu dingue tout court.

Je soupirai et bougeai, mes fesses se plaquèrent contre lui, et sa bite s'épaissit instantanément contre moi. Oh, mon Dieu.

— Bonjour, ma belle.

Ma belle. On ne m'appelait pas souvent ainsi, contrairement à Lyssa, même si nous étions identiques. Elle *était* belle, tout simplement. Elle *exprimait* la beauté. Elle la vivait.

Je l'avais mis en cage. Je la retenais. Je la gardais en réserve, pour ne pas attirer trop d'attention.

Lyssa avait toujours aspiré toute l'attention de la pièce. Même maintenant que nous nous voyions rarement et que nous n'étions plus dans la même pièce pour que les gens nous comparent.

La main de Johnny glissa le long de ma taille pour venir se poser sur mon sein.

— Humm...

J'avais l'impression de fondre contre lui.

Il effleura le bout de mon mamelon avec son pouce, le faisant pointer et durcir. Il me mordilla l'épaule et gémit. Je sentis sa bite gagner en longueur à l'endroit où elle était coincée contre mes fesses. Il se déplaça un peu et sa bite vint se nicher entre mes jambes, son gland tout doux passant contre ma fente.

Bon sang, étais-je déjà mouillée ? Il ne m'avait même pas encore touchée entre les cuisses. À chaque fois que j'étais près de cet homme, mon corps semblait s'embraser et être prêt à le recevoir.

— Tu as un autre préservatif ? murmurai-je.

Sa respiration semblait saccadée tandis que sa bite commençait des va-et-vient dans l'espace entre mes jambes et ma chatte.

— Oh, darling.

Il avait l'air presque peiné. Comme s'il avait autant besoin de moi que je semblais avoir besoin de lui.

— Tu veux encore chevaucher ton cow-boy ?

Mon Dieu, sa voix grondante me faisait perdre la tête.

— Euh, oui.

— Deux secondes, dit-il en m'embrassant dans le cou. Ne bouge pas.

Il fit une roulade pour sortir du lit et attrapa son jean sur le sol.

Je retirai les couvertures de mes jambes, qui étaient déjà bien chaudes. Je n'avais pas l'habitude de dormir nue, ce qui accentuait mes sensations. Ma peau était caressée par des draps au nombre de fils ridiculement élevé. Je n'avais rien entre les jambes pour absorber la cyprine qui s'en échappait à cause de Johnny.

Il romonta sur le lit avec un emballage de préservatif déjà ouvert.

— Attends, attends, lui dis-je en me redressant.

Il arrêta instantanément son mouvement et me fixa du regard. Ce type ne rigolait pas avec le consentement, ce qui me faisait me sentir en sécurité avec lui.

Je souris, lui pris le préservatif des mains et lui indiquai le lit.

— Sur le dos, cow-boy.

Il me sourit, fit ce que je lui demandais, plaçant ses mains derrière sa tête dans une parfaite représentation du calendrier de cow-boys. C'était mon M. Septembre.

Je frottai mes lèvres l'une contre l'autre en observant son magnifique corps nu. Il était tout en muscles. Sa peau était bronzée. Son torse était parsemé de boucles sombres assorties aux cheveux sur sa tête. Il était magnifique.

Je montai à califourchon sur ses cuisses, désireuse de l'explorer. Je déposai le préservatif à côté de lui et passai mes mains sur ses pectoraux, appréciant la définition de ses muscles. Ses tétons qui durcissaient lorsque je les touchais. Je me penchai et passai ma langue sur ces derniers, comme il l'avait fait avec les miens.

Il gémit.

— Tu me tues, ma belle. Comment peux-tu être aussi sexy ?

Je ris. Je me sentais belle grâce à lui. Tout cela était trop incroyable pour y croire.

Je ne voulais pas que cela se termine, mais mon dieu, je méritais cette ultime partie de jambes en l'air en tant que Lyssa.

Je fis glisser le bout de mes doigts le long de ses abdominaux et suivis sa lignée de poils qui descendait jusqu'à sa bite. Elle était épaisse et dure pour moi, cherchant à attirer mon attention.

Que je lui accordai.

Je saisis la base et remontai lentement vers son gland en le caressant tout en soutenant son regard.

— Serre plus fort, me demanda-t-il.

Je fis ce qu'il souhaitait et il gémit.

Ses yeux reflétaient la lumière et paraissaient presque dorés, plutôt que marron. Je soutins son regard tout en abaissant ma bouche jusqu'à la pointe de sa queue. Je lui montrai ma langue mais restai au-dessus de lui, le taquinant.

Une goutte de liquide coula de sa fente et je la léchai avec ma langue.

— Mmm, je gémis en découvrant sa saveur salée.

Johnny n'était plus l'image même du cow-boy. Ses poings comprimaient les oreillers de chaque côté de sa tête et en faisaient des boules de tissu serrées.

— Putain, Lyssa, grogna-t-il. Je suis en train de mourir.

— De quoi as-tu besoin, cow-boy ? dis-je d'une voix proche d'un ronronnement, en le récompensant d'un coup de langue lent autour de son gland.

— De ça, grogna-t-il. Sauf...

— Sauf quoi ? lui demandai-je en faisant tournoyer le bout de ma langue sur le dessous de sa bite.

Il se passa une main sur les yeux, comme si me regarder était trop difficile.

— Sauf que j'ai du mal à me retenir, ma belle. J'ai envie de te retourner sur le dos et de te baiser jusqu'à ce que le lit se brise.

Un petit rire choqué jaillit de ma bouche. Hum... waouh. C'était très explicite. Et *torride.*

Tellement torride. Aucun homme n'avait jamais voulu *briser* un lit avec moi.

— Mais alors, tu raterais ça.

Je pris sa bite dans ma bouche et baissai la tête, la prenant aussi profondément que possible–jusqu'au fond de ma gorge.

Je ne savais pas comment faire une gorge profonde. Lyssa m'avait expliqué, mais je n'avais honnêtement pas assez de pratique pour apprendre à ne pas m'étouffer, alors je me contentais de le prendre dans la cavité de ma joue.

Il adorait ça. Ses mains s'agitaient au-dessus de sa tête

et ses cuisses se resserraient et tremblaient. Ses couilles se contractaient.

J'y allais lentement au début, en faisant bouger ma tête de haut en bas sur sa bite, en ajoutant mon poing serré à la base pour qu'il ait l'impression que je prenais toute la longueur dans ma bouche–un autre conseil de Lyssa, bien sûr. Puis j'accélérai, serrant encore davantage la main et suçant avec force lorsque je remontai la tête, trayant littéralement sa bite pour en extraire la semence.

— Lyssa... putain, *Lyssa*.

L'espace d'un instant, je me figeai. Entendre le nom de ma sœur sur ses lèvres créait un tumulte de réactions mixtes en moi. Une partie de moi était stimulée, et me poussait à endosser encore plus la fausse identité. Cela me permettait de me laisser aller et d'être sauvage.

Mais je détestais aussi l'entendre m'appeler par son nom. Je voulais entendre *mon* nom sur ses lèvres. Mon nom prononcé avec le même désir impérieux. Ce besoin désespéré et pressant.

Quand je pris ses couilles de ma main libre et que je commençai à les masser, Johnny perdit totalement les pédales.

— Oh merde.

Le bruit d'un tissu qui se déchire me fit sortir sa queue de ma bouche, et je vis des plumes s'envoler partout, remplissant la pièce.

Il avait littéralement déchiré en deux l'oreiller qui se trouvait derrière sa tête !

— Oh mon Dieu ! Je ris de surprise lorsqu'une ou deux plumes effleurèrent mon visage.

— Putain. Je suis désolé, dit-il en se redressant sur ses coudes. Je t'ai dit que je n'en pouvais plus. Tu es bien trop excitante, beauté. Je n'ai jamais ressenti ça avant.

Quelque chose de timide, d'effrayé et de vulnérable se figea en moi.

Pas la partie qui prétendait être Lyssa, mais la vraie moi. Emma. J'étais ravie qu'il dise tout ça, mais il pensait que j'étais Lyssa. Que cette connexion entre nous était entre lui, qui était si réel, et une fausse version de moi. Un mensonge. Sauf que mes sentiments étaient les miens. Je ne pouvais pas les simuler.

— Moi non plus, chuchotai-je.

— S'il te plaît, laisse-moi te baiser maintenant, ma belle. Ou je vais déchirer toute la literie.

Je ris à nouveau et saisis le préservatif. Comme je n'arrivais pas à le mettre correctement sur lui, il me donna un coup de main, puis il fit rouler nos corps l'un sur l'autre, pour que je sois sur le dos et lui au-dessus de moi.

Il reposa un peu de son poids sur moi, et je me sentis protégée. Dominée.

— Ça va si je prends les commandes ? Je vais mourir si je ne te pénètre pas tout de suite.

Tout ce qu'il disait me poussait au bord du gouffre, moi aussi.

Pourtant, il attendait ma permission.

Je hochai la tête.

— Merci putain, chérie.

Il souleva mes deux genoux et s'installa entre, alignant sa bite recouverte du préservatif contre ma fente.

— En temps normal, je prendrais mon temps avec toi, mais à ton odeur, je sais à quel point tu es prête pour moi, et je n'arrive plus à me contrôler.

Il frotta son gland sur ma fente, écartant mes plis.

— Comment ça à mon *odeur* ?

Oh mon Dieu, qu'est-ce que ça voulait dire ? Était-il dégoûté ? Il n'avait pas l'air dégoûté, mais j'aurais peut-être dû me doucher avant ?

Il se détendit.

— Je veux dire à ton excitation. Tu vois ? Je ne sais plus où j'en suis.

Son sourire me détruisit totalement.

Cet homme était mortellement sexy.

— Tu n'as pas du tout mal après hier soir ?

Je me tortillai pour qu'il me prenne plus profondément.

— Un peu. Mais ne t'arrête pas. C'est tellement bon.

J'aimais être étirée et remplie par lui. Il y avait quelque chose d'existentiellement satisfaisant là-dedans. Comme si toute ma vie j'avais attendu de faire l'amour avec cet homme et seulement cet homme.

Mais c'était de la folie.

— Lyssa, gémit-il, s'enfonçant profondément et se retirant lentement.

Cette fois-ci, je n'avais *vraiment* pas envie d'entendre son nom. Au lieu de me faire sentir sauvage et désinhibée, cela me donnait l'impression d'être une menteuse. Que même si nous étions nus, la vérité formait une *barrière* entre nous.

Je passai mes chevilles autour de son dos et me servis de mes jambes pour l'attirer vers moi.

— Putain, marmonna-t-il. Putain, ma chérie.

Voilà qui était mieux. J'aimais bien plus *ma chérie* que *Lyssa* à cet instant précis.

Je le poussai à accélérer la cadence. Ses yeux semblaient à nouveau dorés, même si la lumière ne pouvait pas les atteindre en ce moment.

Mon Dieu, il était magnifique.

Il grogna.

— Je suis toujours en train de mourir, ma chérie.

— Vas-y, lâche-toi, lui lançai-je, me souvenant de sa menace de briser le lit. Montre-moi ce que tu as en toi.

Il poussa un étrange grognement–presque comme celui d'un lion ou d'un ours–et se jeta sur moi.

— Je suis désolé, haleta-t-il, s'appuyant d'une main sur la tête de lit tandis que ses hanches s'enfouissaient en moi avec force. Dis-moi si c'est trop.

Je ne pouvais pas répondre, j'étais bien trop occupée à m'adapter à cette intensité. À sa taille et à la force avec laquelle il me pilonnait.

— Promets-le-moi, ma chérie ?

— Je te le promets, haletai-je, en utilisant mes mains au-dessus de ma tête pour me caler contre la tête de lit au-dessus de moi.

Bon sang, il était prévenant. Quel mec se montrait aussi prévenant ? Quel type était aussi passionné, d'ailleurs ?

Ce type était incroyable. Une perle rare, c'était certain.

Je profitais encore quelques instants de ma courte période dans la peau de Lyssa la chanceuse, tout en regrettant le fait qu'elle allait s'achever dès qu'il aurait joui.

Il continua à me pilonner, le souffle court, le visage déformé par le plaisir.

— Je suis désolé, haleta-t-il. Je suis désolé que ce soit si court. J'ai juste...

Il lécha son pouce et le porta sur mon clito.

Ce petit contact suffit à me faire hurler quand un orgasme me traversa. Mes muscles internes se contractèrent. Je resserrai l'intérieur de mes cuisses autour de sa taille.

Il rugit et me pénétra en profondeur, jouissant avec un soubresaut sauvage qui secoua le lit. Mon orgasme se poursuivit, pulsant, contractant et me retournant de l'intérieur, puis il enfouit son visage dans mon cou.

Ses baisers étaient des excuses.

— Oh chérie. C'était tout pour moi, et je suis vraiment désolé. Je me suis complètement laissé emporter.

Je m'allongeai sur le lit, toute molle et moite, je me sentais rassasiée.

— Non, pas du tout, ça va. C'était tellement bon.

— Vraiment ?

Il leva la tête pour étudier mon visage. Je passai la paume de ma main sur sa barbe naissante.

— Trop bon.

Un petit sourire se dessina sur son visage.

— Rentre avec moi, dit-il. À Wolf Ranch.

Je haussai les sourcils.

— Quoi ? Je...

Je commençai à dire que *je ne pouvais pas*, mais je m'arrêtai.

Pourquoi ne pourrais-je pas ?

Ce travail n'était même pas le mien. Je n'étais même pas Lyssa. C'était elle qui avait abandonné son poste dans ce ranch pour un mec et pour partir à Ibiza. Si elle pouvait le faire, eh bien, bon sang, pourquoi pas moi ?

D'ailleurs, j'étais Lyssa en ce moment même, et je voyais à quel point ça me réussissait.

Donc si je me posais la question : *Que ferait Lyssa dans cette situation ?* La réponse était évidente.

Lyssa accepterait absolument, sans hésitation, de partir avec le Cowboy Sexy. Elle ne renoncerait jamais à la chance d'avoir plus d'orgasmes extraordinaires pour être une gentille fille bien sage et rester pour ramasser le courrier dans le ranch d'un milliardaire. Elle ne l'avait pas fait. Je n'allais pas le faire non plus.

Elle prendrait le taureau par les cornes. Elle encaisserait le salaire qu'elle recevait à ne rien faire et irait aussi se balader avec un sultan.

Alors, oui. Je pouvais le faire. C'était sauvage, insouciant et fou, mais c'était la même chose que d'avoir laissé ce type entrer dans la maison hier, et regardez comment cela s'était bien passé pour moi.

J'étais Lyssa la chanceuse en ce moment, la jumelle qui savait comment s'amuser. La jumelle qui n'hésitait jamais, qui se mettait en avant et qui recevait tout sur un plateau d'argent.

Je fis un sourire rayonnant à mon cow-boy sexy.

— J'en serais vraiment ravie.

11

JOHNNY

Après une demi-heure de route, Lyssa s'endormit, la tête penchée sur le côté. Mon loup était fier de voir que je l'avais baisée jusqu'à épuisement. Parce que c'était exactement ce que j'avais fait. La seule raison qui expliquait que je n'étais pas exténué était que mon loup était très excité à l'idée que nous avions trouvé notre compagne et que nous la ramenions à la maison. J'avais baissé le son de la radio et je me contentais de profiter de la paix qu'elle me procurait et je continuais notre chemin sur les petites routes toujours tranquilles.

Lyssa avait préparé un sac de voyage pour la nuit. J'avais eu envie de lui dire de prendre toutes ses affaires, mais je m'étais dit que ce serait trop excessif.

Quand je lui avais demandé :

— Tu es sûre que tu n'as besoin de rien d'autre ? Elle avait hésité, puis pris une boite sous son lit, en rougissant.

— Qu'est-ce que c'est ? lui avais-je demandé en le lui prenant des mains, pour qu'elle n'ait rien à porter.

Waouh ! Le haut de la boîte avait été ouvert, et j'avais vu que la boite était remplie de sex-toys emballés. Des godes. Des menottes rembourrées. Et bien d'autres jouets encore.

Mon loup se réjouissait qu'ils n'aient pas été ouverts auparavant. Personne d'autre n'avait utilisé ces jouets sur notre compagne.

— Oui, avait-elle dit.

Puis elle avait haussé les épaules, sans expliquer le fait qu'elle avait un tas de sex-toys cachés sous son lit et qu'elle avait décidé de me les montrer. Cela signifiait qu'elle voulait les utiliser. Avec moi.

Putain, oui.

— Lyssa aime les choses coquines, dit-elle en parlant d'elle à la troisième personne.

— Alors j'aime ça aussi, dis-je avec un clin d'œil.

Putain, oui. J'avais hâte d'utiliser ces jouets sur elle. J'avais hâte d'être à nouveau à l'horizontale avec elle.

Lorsque je franchis le portail du Wolf Ranch, je soupirai de soulagement.

Je posai une main sur sa cuisse et murmurai :

— Réveille-toi, ma chérie.

Oui, j'avais ma compagne et nous étions à la maison. Mon loup était rassuré de savoir qu'elle était en sécurité ici.

Ne pas savoir où se trouvait Chapman nous rendait nerveux, moi et mon loup. Elle travaillait pour cet enfoiré. Elle ne savait probablement pas que c'était un métamorphe. Elle ne savait certainement pas qu'il kidnappait des femmes pour les vendre à des trafiquants. Si elle était dans ce ranch, il ne lui arriverait rien. En tant qu'homme de main, c'était mon travail de protéger toute la meute, et mon travail de compagnon était de m'assurer qu'elle était en sécurité et heureuse. Cette combinaison signifiait que j'étais légèrement stressé à ce sujet.

Je voulais lui montrer le dortoir. Je voulais lui montrer mon lit. Notre lit.

Mais d'abord, il fallait que je la présente à Rob.

Elle était la raison pour laquelle je n'avais pas communiqué avec lui comme j'aurais dû le faire. De plus, elle était humaine et ne connaissait rien aux métamorphes. Pour éviter qu'il ne me fasse la peau–au sens figuré et peut-être au sens propre–, je devais lui présenter ma compagne. Les uns après les autres, j'avais vu les gars du ranch faire des conneries quand ils avaient trouvé leur compagne. Y compris Rob.

Même si je craignais la colère de mon alpha, j'avais aussi un nouveau sentiment à son égard, car Lyssa était ma compagne. MA COMPAGNE. Elle passait en premier. Elle était ma priorité. Elle était ma vie maintenant.

Lyssa remua, cligna des yeux. Elle regarda autour d'elle alors que je roulais sur le long chemin menant à la maison principale.

— On est arrivés ?

— Oui. Je dois m'arrêter pour parler à mon patron–mon alpha pensais-je–, tu vas pouvoir faire la connaissance de tout le monde.

Ses yeux s'écarquillèrent.

— La connaissance de tout le monde ? Comment ça « tout le monde » ? Je ne suis pas habillée pour rencontrer tout un tas de gens. Je n'ai même pas eu le temps de me sécher les cheveux avant de partir et...

Je ne pouvais m'empêcher d'être amusé, mais je comprenais sa nervosité.

— Ils vont t'adorer. Et j'aime bien tes cheveux comme ça. Ils sont sauvages, comme toi, la rassurai-je en tendant la main et en tirant doucement sur une mèche épaisse.

Elle rougit, puis abaissa la visière pour se regarder dans le miroir. Après avoir un peu tripoté ses cheveux, elle sembla satisfaite de sa coiffure, même si, pour moi, ses cheveux ne me semblaient pas avoir changés.

Je me garai sur le côté de la maison. Au vu des autres camions, Rob et Colton étaient là. Boyd était peut-être là aussi, mais il se garait souvent près de la grange.

Je fis le tour de mon pickup et l'aidai à descendre. Je lui fis un bisou pour la rassurer, mais aussi surtout parce que cela faisait plusieurs heures que je n'avais pas posé mes lèvres sur les siennes.

Je frappai à la porte latérale et entrai dans la cuisine. C'était là que vivaient Rob, Willow, Colton et Marina, c'était aussi l'épine dorsale du ranch. Tout le monde, quel que soit son rôle, mangeait souvent autour de l'immense table de la cuisine. Cela semblait totalement évident, et c'était ainsi que tout le monde pouvait garder le contact.

— Salut ! lança Marina, qui se tenait à l'autre bout de l'îlot, devant un mixeur sur socle.

Elle tournait, pétrissait quelque chose qui devait être délicieux. La pièce sentait la vanille et le café. Marina était la compagne de Colton, et Audrey, celle de Boyd, était sa sœur. Elles étaient aussi humaines. Elle était beaucoup plus jeune qu'Audrey et Colton. Plus proche de mon âge, elle avait de longues boucles brunes et un intérêt marqué pour la pâtisserie.

Je serrai Lyssa contre moi et passai mon bras autour de sa taille.

— Bonjour. Marina, je te présente Lyssa. Lyssa, voici Marina. Elle... sort avec Colton Wolf.

Marina regarda Lyssa avec un regard chaleureux et curieux. Le fait que j'aie dit « sortir *avec* » montrait à Marina que Lyssa ne connaissait pas l'existence des métamorphes, sinon j'aurais dit de Colton qu'il était son *compagnon*.

— Bonjour vous deux ! Je suis ravie de faire ta connaissance et contente d'avoir une autre fille au ranch. Tu veux un café ? Je viens d'en faire une cafetière.

Je regardai Lyssa, qui acquiesça, et allai nous préparer une tasse à tous les deux.

— Qu'est-ce que tu prépares ? demanda Lyssa à Marina.

— Oh, un gâteau d'anniversaire d'un enfant de cinq

ans. Le thème est l'espace. Puis un gâteau d'anniversaire de mariage.

Elle s'interrompit, rit, puis ajouta :

— Je fais beaucoup de gâteaux.

— C'est ton métier ?

Marina acquiesça.

— Oui, enfin, pas officiellement. C'est juste par le bouche à oreille. Je ne veux pas de vitrine en ville, car c'est une tonne de travail, et j'aime être ici avec Colton. Mais dans une petite ville comme Cooper Valley, j'ai beaucoup de demandes.

— Je suis impressionnée.

Marina pencha la tête.

— Tu aimes les desserts ?

Lyssa fit un geste de la main.

— Qui ne les aime pas ?

— Johnny, elle me plaît déjà, dit Marina en me faisant un clin d'œil.

Je lui adressai un sourire en coin et tendis une tasse à Lyssa.

— Tu veux du lait ou du sucre ?

Elle secoua la tête.

— Non, noir c'est bien.

Colton entra et embrassa Marina sur la tempe. Il portait un jean et un t-shirt, ses vêtements de travail habituels. À cette heure de la journée, je ne savais pas s'il venait de rentrer de son travail ou s'il s'apprêtait à partir.

Rob et Willow arrivèrent juste derrière, ils avaient

entendu la conversation. Je leur présentai Lyssa, et ils se servirent un café.

— Alors, où vous êtes-vous rencontrés, Johnny et toi ? demanda Colton.

La question semblait innocente, mais je savais qu'ils étaient tous suspendus à la réponse. Je n'aurais pas ramené une femme ici à moins qu'elle ne soit ma compagne. Surtout pas dans la maison principale.

— Elle travaille pour Mitch Chapman dans son ranch.

Elle détourna le regard.

— Oh, hum... pas depuis longtemps. Seulement quelques mois. C'est un travail de transition pour moi.

Elle semblait mal à l'aise. Je sentais un soupçon d'anxiété qui dissimulait un mensonge. Mais sur quoi mentait-elle ?

Ah. Je me souvenais de ce qu'elle avait dit à propos de sa véritable profession et je me joignis à la conversation pour la mettre à l'aise.

— Lyssa est conceptrice d'effets spéciaux.

— Sans blague ! s'exclama Marina. Pour les films ?

Lyssa hocha la tête.

— Oui.

Je me reprochai de ne pas avoir connu la réponse. J'avais encore mille choses à apprendre sur la femme avec laquelle j'allais passer le reste de ma vie, la première étant de savoir comment la convaincre qu'elle était à moi.

— Alors, pour qui travailles-tu ? demanda Willow. Tu peux faire ça à distance ?

Encore une fois, Lyssa sembla mal à l'aise.

— Je, euh, travaillais pour une entreprise à Hollywood, mais j'ai démissionné récemment avant de venir ici.

Rob me jeta un coup d'œil.

Comme moi, il avait perçu son hésitation. Comme si elle ne voulait pas partager quelque chose. Mais cela pouvait être n'importe quoi. Peut-être qu'elle avait été virée et non pas démissionné. Peut-être qu'elle n'aimait pas être cuisinée par mes compagnons de meute.

Peut-être que tout cela allait trop vite avec quelqu'un qu'elle n'avait rencontré qu'hier. Elle pensait avoir eu une aventure, et je l'avais amenée ici pour qu'elle rencontre ma famille. Je présumais qu'elle se sentait gênée.

Il fallait que je la fasse sortir d'ici. Nous devions apprendre à nous connaître en dehors de la chambre à coucher, et davantage dans cette pièce également !

Mais Rob était en mode interrogatoire à présent.

— Tu aimes vivre dans un ranch ? Qu'est-ce que Mitch te fait faire là-bas ?

Les yeux de Lyssa s'écarquillèrent et elle fit un mouvement brusque qui eut pour effet de renverser son café sur le sol de la cuisine.

— Oh, zut !

Elle regarda autour d'elle à la recherche d'un torchon.

— C'est rien.

J'en avais attrapé un sur la poignée de la porte du four et essuyai, en essayant de la mettre à l'aise. Ma compagne devenait nerveuse. Je ne voulais pas qu'elle regrette d'être venue ici avec moi.

— Bon, l'interrogatoire de ma petite amie est terminé.

— Petite amie ? dit-elle en tournant son visage vers le mien, la surprise se lisant sur ses sourcils noirs et bien dessinés.

Zut. Est-ce que je la faisais flipper ? Au moins, je n'avais pas dit *compagne*.

Je lui adressai un sourire amusé, tentant d'apaiser la tension.

— Un rencart plus plus ? Ami-amant ? Qu'est-ce que tu préfères ?

Nos regards se croisèrent et nous continuâmes à nous regarder, et un sourire plus confiant se dessina sur ses joues.

— Je ne sais pas. Disons ami plus plus. Lyssa est une adepte des rencarts plus plus.

C'était mignon qu'elle parle d'elle à la troisième personne. Bizarre, mais mignon.

Je passai mon bras autour de la taille de Lyssa.

— Eh bien, tout le monde. Je vais emmener mon rencard plus plus faire quelque chose de sympa. Tout en travaillant, ajoutai-je en levant mon chapeau en direction de Rob.

— En parlant de travail, nous devons discuter dans mon bureau une minute, dit Rob.

Je me tournai vers Lyssa.

Willow s'installa sur un tabouret haut en face de l'îlot et tapota celui qui se trouvait à côté d'elle en le montrant à Lyssa.

— Nous lui tiendrons compagnie.

— Ça te va ? demandai-je pour m'en assurer.

Elle alla s'asseoir sur le tabouret et hocha la tête en levant sa tasse.

— Tout va bien se passer, me promit Marina. Nous lui raconterons la fois où tu es tombé de cheval.

Lyssa ouvrit grand la bouche.

— Elle plaisante, lui dis-je avec un clin d'œil. Ce n'est jamais arrivé.

Enfin une fois, en fait, à mon arrivée. J'avais été élevé dans une ferme avec une meute dans le Nebraska, je n'étais pas un cow-boy. J'avais grandi en conduisant des tracteurs, pas sur un cheval. Bien sûr, si cela faisait sourire Lyssa, je ne voyais pas d'inconvénient à ce que Marina se moque gentiment de moi.

Je déposai un baiser sur le dessus du crâne de Lyssa, même si ce geste relevait plus de l'amitié que du rencart plus plus, et suivis Rob dans son bureau.

— Ferme la porte.

Il prit place sur sa chaise de bureau.

Je lui obéis, puis je m'installai en face de lui.

— Chapman a disparu. Aucun des hommes de main n'a trouvé de traces de lui, me dit Rob.

Je me grattai la tête et répondis.

— On peut demander à Levi d'enquêter sur lui au niveau des forces de l'ordre ? Vérifier les enregistrements de vol, des trucs comme ça. Si ce type est en vacances en Grèce ou ailleurs, ce serait une perte de temps de poursuivre nos recherches ici.

Rob se pencha en arrière et croisa les bras sur sa poitrine.

— Ou tu peux essayer de faire parler ta petite amie, pardon « ton rencart plus plus ».

Je déglutis.

— Oui, je sais, mais je déteste l'idée de trahir la confiance de Lyssa en la mêlant à tout ça.

— Elle est déjà mêlée à tout ça. Depuis combien de temps travaille-t-elle à ce poste ?

Je repensais à ce qu'elle avait dit.

— Depuis plusieurs mois.

— Et qu'est-il arrivé à la précédente intendante ?

J'avais réfléchi à la même question la veille, mais pas d'aussi près. Mon loup gronda et je serrai les accoudoirs du fauteuil jusqu'à ce qu'ils craquent. Je déglutis puis demandai :

— Tu penses que ce travail est... une source supplémentaire pour sa traite ?

Ce qui signifiait que Chapman engageait des femmes pour travailler au ranch, les isolait de leur famille et de leurs amis, peut-être même qu'il engageait des femmes s'il pensait qu'elles étaient socialement isolées, puis les faisait disparaître. Bordel de merde.

— C'est une possibilité, admit Rob.

— Mais Lyssa est humaine.

— Le Conseil n'a pas travaillé avec les forces de l'ordre humaines sur ce sujet. Il est possible que des femmes humaines aient disparu aussi. La juridiction du Conseil ne s'occupe que des métamorphes.

— Putain, murmurai-je.

Je me mis à faire les cent pas.

— Alors, à propos de ta compagne.

— Oui, répondis-je, mais avec circonspection.

Depuis mon arrivée à Wolf Ranch cinq ans plus tôt, je ne m'étais jamais opposé à mon alpha. Non seulement parce qu'il était, eh bien, l'alpha, mais aussi parce que j'avais peur d'être à nouveau banni si je faisais quelque chose de mal.

Mais Lyssa était ma compagne, et pour elle, je l'affronterais.

— Est-ce qu'elle sait pour nous ?

— Bien sûr que non. Je l'ai rencontrée hier.

— Tu es sûr qu'elle ignore l'existence de notre espèce ?

— Non, répondis-je en écartant les mains. Qu'est-ce que tu veux que je fasse ? Que je lui demande si elle sait que son patron se transforme en loup et vend des femmes ?

— Je ne sais pas. Tu es un homme intelligent. Je suis sûr que tu trouveras un moyen de découvrir tout ce qu'elle sait et ce qu'elle ignore.

Mon estomac se noua.

Mon loup n'aimait pas ça. Manipuler ou utiliser ma compagne ne me semblait pas correct.

Mais j'étais un homme de main maintenant. Comme un alpha, mon travail consistait à protéger et à défendre les faibles. Trouver Chapman était la priorité absolue, même si j'avais une compagne.

Surtout parce que j'avais une compagne. Parce que plus vite j'éliminais toutes les menaces qui pesaient sur elle, mieux ce serait.

— Écoute, prends quelques jours de congé. Rapproche-toi d'elle et découvre tout ce que tu peux sur elle, sur Chapman et sur son ranch.

Je hochai la tête.

— D'accord.

Il décroisa les bras, se pencha en avant et me lança un regard acéré.

— Fais ce que tu as à faire. Fais en sorte qu'elle tombe amoureuse de toi.

Je gloussai légèrement.

— Deux jours, c'est un peu court pour faire tomber une humaine amoureuse, Alpha.

Il fit un geste d'impatience.

— Je sais, mais fais en sorte que ça roule. Je veux que tu la marques. Le plus rapidement possible.

Je ne pus m'empêcher de sourire. Je sentis même une pointe de rougissement monter sur mon cou.

— J'ai vraiment envie de la marquer.

Il lâcha un rire.

— Réfléchis un peu avec ta tête, pas juste avec ta bite.

Je clignai des yeux. Ne parlait-il pas de marquer ma compagne ? Cela impliquait certainement de l'avoir sous moi, nue, se tortillant de plaisir.

— Deux jours, répéta Rob. D'ici là, ce sera la pleine lune. Si tu ne l'as pas encore marquée, tu devras faire attention à ne pas perdre le contrôle et à ne pas la marquer sans le vouloir.

Je déglutis. Merde. Oui.

— Et si elle ne veut pas rester ? Si je n'arrive pas à la faire tomber amoureuse ? Si elle pense que c'est une aventure ? demandai-je, soudain inquiet de ne pas être à la hauteur pour elle.

Parce que j'étais un tueur. Que j'avais été banni de ma meute et éloigné de ma famille. Est-ce que je la méritais au moins ?

Rob haussa les épaules puis me lança un regard dur.

— Trouve une solution.

Putain.

12

EMMA

DÈS QU'IL quitta la cuisine, je ressentis l'absence de Johnny. Il me... manquait.

Waouh ! Comment se faisait-il que je sois déjà devenue accro à la présence de ce type ?

Un type que j'ai rencontré seize heures plus tôt ?

Il faudrait que je demande à Lyssa si elle fonctionnait comme ça. Néanmoins, je ne pensais pas qu'elle s'attachait aux hommes qu'elle rencontrait. Pas si elle en changeait au même rythme que ses sous-vêtements.

Je devais mal m'y prendre. Ma chatte était douloureuse à cause du sexe incroyablement bon. Non, c'était à cause des coups de boutoir de son énorme bite. Il en avait une grosse et il savait vraiment comment s'en servir. Je ne me plaignais pas. *Pas du tout.*

Je me raclai la gorge, réalisant que j'étais dans la lune, que je pensais au sexe alors que j'étais en face de Marina, Willow et Colton.

— Alors, est-ce que Johnny est vraiment tombé de cheval ?

Je m'en tenais à un sujet neutre et facile. Moins je posais de questions sur le travail de Marina, moins elle risquait de m'en poser sur le mien. Autrement dit, sur le travail qui n'était pas le mien.

— En fait, oui, s'esclaffa Colton.

Ce type était énorme, au moins un mètre quatre-vingt-dix ou quatre-vingt-quinze. Il était tout en muscles, difficilement dissimulés sous son jean et son tee-shirt. Ses cheveux étaient bruns et coupés court, et il avait bien besoin de se raser.

— Quand il a rejoint notre–euh, quand il est venu travailler pour nous ici au ranch–il avait dix-huit ans. Il venait d'une ferme du Nebraska et n'avait pas beaucoup d'expérience dans les ranchs. Mais il était jeune et fort et obéissait bien aux ordres, alors il a fait comme si de rien n'était. Jusqu'à ce que cela ne soit plus possible. Nous ne nous étions pas rendu compte qu'il était vraiment novice sur un cheval.

— Il n'était jamais monté à cheval auparavant, ajouta Marina avec cette adorable façon qu'ont les couples de compléter les histoires de l'un et de l'autre.

Il lui sourit.

— C'est vrai. Rob lui a dit de seller Chester pour le monter, et il a fait ce qu'on lui demandait. Il était trop fier pour dire qu'il ne savait pas comment mettre une selle.

— Oh oh, dis-je en serrant les lèvres, essayant de ne pas sourire.

— Exactement. Tu te doutes de ce qui est arrivé, dit Colton en souriant.

J'acquiesçai.

— Oui, je crois que je sais.

— Johnny donne l'impression que tout est facile, poursuivit Colton.

Marina avait repris son travail sur les gâteaux, mais elle écoutait. Willow sirotait tranquillement son café. Colton reprit :

— Il nous avait observés et il imitait nos gestes. Il est monté sur la selle sans problème. Il était jeune et agile, donc il avait l'air de faire ça naturellement–un pied sur le poteau de la clôture, l'autre par-dessus le dos de Chester. Tout était nickel, tu vois le genre ?

Je pouvais voir qu'ils avaient déjà raconté cette histoire. Comme si c'était l'une de leurs préférées. Cela montrait la camaraderie qu'ils partageaient, comme si Johnny n'était pas seulement un ouvrier du ranch, mais un membre de la famille.

Mon Dieu, c'était si différent de mon travail à Hollywood. J'avais travaillé du lever au coucher du soleil, projet après projet. Ça avait été un travail ingrat et sous-estimé. Cela me faisait presque mal de sentir quelque chose comme ça. De la camaraderie, de la gentillesse, de la bonne humeur, de l'ouverture d'esprit.

Aucun travail n'était satisfaisant si vous détestiez les gens avec qui vous travailliez. Récemment, j'avais entendu à la radio une statistique qui m'avait attristée. Cinquante pour cent des employés n'avaient pas d'ami au travail. Comment était-ce possible ? En tant qu'êtres humains, nous étions censés vivre et travailler en communauté. Avoir des villages ou des tribus. Pour nous unir et nous soutenir les uns les autres.

Voilà ce que j'avais imaginé en travaillant sur un film : un groupe de personnes réunies autour d'un objectif commun.

Au lieu d'avoir des collègues qui étaient des amis, nous avions plutôt eu l'impression d'être des compagnons dans une guerre, compatissant les uns avec les autres sur ce que nous devions faire pour conserver notre emploi. Et, pour ne rien arranger, j'avais été un bouc émissaire pour Stan. Après quelques jours d'absence, cela devenait une évidence pour moi. Pouah.

Colton n'en avait pas fini avec son récit.

— Nous avons commencé à longer la route, et tout allait toujours bien. Il tenait les rênes comme il fallait, les pieds dans les étriers.

Je souriais, appréciant ce Johnny antérieur. Il correspondait à l'image du gars que je connaissais déjà. Celui qui était entré directement dans la maison de Chapman, avait sorti les cookies brûlés du four et désactivé l'alarme. C'était le genre de gars qui savait tout faire. Le genre à être là lorsqu'on avait besoin de lui, à mettre la main à la pâte avec un sourire ravageur.

— Et puis Rob a vu quelque chose–je ne sais plus quoi–un trou dans une clôture devant lui ou quelque chose comme ça, et il a lancé son cheval au galop. Johnny a fait la même chose –ou du moins il a essayé, mais il n'avait pas bouclé la selle. Donc, dès que Chester à commencer à galoper, toute la selle de Johnny a glissé sur le côté.

— Il s'est accroché à la corne de la selle, ce qui, bien sûr, ne l'a pas aidé du tout, et quelques instants plus tard, il s'est retrouvé sur le dos, au sol, où mon cheval lui a donné un coup de pied à la tête !

Je plaquai une main devant ma bouche.

— Oh, non !

— Oh si. Mais il a survécu. Ce gamin a la tête dure, je te le dis !

Je ris.

— J'en prends note.

Johnny surgit du couloir et m'adressa son sourire parfait. Ce sourire alla directement à ma chatte, et je sentis une vague de chaleur s'emparer de moi et me monter jusqu'au cou. Je ne savais pas comment il faisait pour que je me sente si incroyablement sexy. Si digne de son attention. Avec un simple sourire.

Ce n'était pas un sentiment auquel j'étais habituée, mais bon sang, je ne voulais pas que ça devienne le cas.

— J'ai entendu l'histoire de Chester, lui dis-je.

Il s'approcha de moi et me posa la main sur l'épaule.

— Ce ne sont que des mensonges, dit Johnny en souriant. Tu veux faire sa connaissance ?

Je fronçai les sourcils.

— De qui, de Chester ?

Il gloussa.

— On est des super potes maintenant.

Je descendis du tabouret et posai ma tasse dans l'évier.

— Je serais ravie de rencontrer Chester.

Ooh. Une autre aventure. Ce n'était pas Ibiza, mais j'étais avec mon cow-boy sexy et je faisais de nouvelles choses. Je n'étais pas coincée dans un bureau à me faire emmerder du matin au soir.

Après avoir dit au revoir à Willow, Colton et Marina, Johnny me tendit le bras, et je passai dessous, le laissant m'escorter vers la sortie du ranch et le long de l'allée de gravier.

— Tu montes à cheval ?

Le bout de ses doigts se posa délicatement sur le bas de mon dos, une sensation que je savourai.

— Moi ? dis-je d'une voix légèrement crispée. Non. Et je te dis tout de suite que je ne sais pas comment mettre une selle sur un cheval.

Johnny se mit à rire.

— C'est noté. Mais tu travailles dans un ranch. Mitch n'a pas de chevaux ?

— Oh. Euh... tu sais, je ne sais pas trop, mais je n'ai certainement pas été embauchée pour les monter, dis-je en haussant le ton.

J'étais une très mauvaise menteuse.

Johnny se frotta le front sous son chapeau.

— Ce n'est pas grave, dit-il en reconnaissant mon mensonge. Tu n'es pas obligée de me donner des détails sur

le ranch. Est-ce que Mitch t'a fait signer un accord de confidentialité ou un truc du genre ?

Je levai les yeux vers lui, surprise. Ce serait certainement un moyen d'éviter de répondre aux questions, mais je
doutais que le fait que la propriété ait des chevaux relève de
ce genre de document.

Il m'observa.

Je secouai la tête. Je n'avais pas d'autre choix que de
répondre.

— Non, ce n'est pas ça. C'est juste que, honnêtement, je
ne connais pas ses affaires. C'est un peu gênant, mais tout
ce que je fais, c'est apporter le courrier et réceptionner les
livraisons, avouai-je. Pour être honnête, c'est assez tranquille comme boulot.

C'était le cas, et je détestais le fait que Lyssa trouve de
tels arrangements, surtout si elle décidait de partir à Ibiza
en plein milieu de sa période de travail. Peut-être qu'elle se
ferait virer pour abandon de poste, mais elle se ressaisirait
et trouverait quelque chose d'autre très rapidement.

- Comment t'es-tu retrouvée là-bas ?

— Oh.

Encore un mensonge. Je n'aimais pas mentir à Johnny.
Et était-ce vraiment nécessaire ?

Probablement pas.

Mais j'avais commencé à me faire passer pour Lyssa, et
ce serait maintenant très gênant d'expliquer que je n'étais
pas cette personne.

Au fait, mon nom n'est pas vraiment Lyssa, ce n'est pas celui que tu as crié quand tu as joui en moi la nuit dernière et ce matin. Oh non !

En outre, le fait de prendre son nom, son travail, sa personnalité, m'avait donné le sentiment de pouvoir faire des choses. Un sentiment de liberté et d'abandon insouciant, qu'incarnait Lyssa.

Mais voilà où ça m'avait mené : un mec canon, du sexe torride, et un ranch sympa rempli de gens sympas.

Je ne voulais pas redevenir cette bonne vieille Emma sans intérêt.

Pas encore, en tout cas.

Pas quand Johnny me regardait comme il le faisait. Quand aurais-je une autre chance comme celle-là ? Pour explorer mon côté sauvage? Avoir une aventure avec un homme que je venais de rencontrer ? Suivre un cow-boy sexy dans son ranch, juste pour m'envoyer en l'air encore quelques fois ?

C'était un rêve devenu réalité, et je ne voulais pas qu'il se termine.

— Le poste m'est tombé tout cuit dans le bec, dis-je maladroitement. Ma sœur l'a trouvé pour moi, en fait. Je venais de quitter mon travail à Hollywood et j'avais besoin d'un endroit où me poser pendant un certain temps.

Tout cela était vrai.

— Sympa. C'est tout bénef pour toi.

Il me fit un clin d'œil et me guida à travers des portes en bois qui donnaient sur une grande écurie. Elle était spacieuse et propre et sentait le foin frais.

Il y avait une douzaine de chevaux dans les box. Johnny me fit passer devant un étalon noir et un gris pommelé, mais je ne savais pas si ces descriptions étaient appropriées. Quand j'étais petite, j'avais lu un tas de livres de fiction amusants sur les chevaux et c'est de là que j'avais tiré ce que je savais sur les animaux.

— Voici Chester. Je l'appelle Chester Chesterfield.

Chester était un étalon alezan, un magnifique cheval brun-roux avec une queue et une crinière de la même couleur et une étoile blanche sur le front. Le cheval renifla, levant son museau vers Johnny en guise de salut.

— Bonjour, Chester.

Je ne tendis pas la main pour le toucher, j'étais trop intimidée.

Bon sang, il était grand. Je n'arrivais pas à croire que Johnny était tombé d'un animal aussi énorme. Et qu'il ait reçu un coup dans la tête d'un autre animal, juste après !

Johnny tendit la main, frotta le front du cheval et lui murmura d'une voix grave et apaisante.

— Salut, mon pote. Comment vas-tu ? Colton t'a donné à manger ce matin ? Désolé de ne pas avoir été là.

Ma poitrine se serra. Écouter Johnny parler à son cheval était trop mignon. Si j'avais eu des doutes sur son caractère–ce qui n'était pas le cas–ils se seraient évaporés à ce moment-là.

Il me sourit.

— Tu peux le caresser.

Je pris une inspiration. Je n'aurais pas dû avoir peur. J'étais censée travailler dans un ranch. Lyssa n'aurait pas eu peur. Je tendis la main et frottai doucement l'étoile blanche sur le front du cheval.

— Tu veux aller faire un tour ?

Mes yeux s'écarquillèrent. *Un tour à cheval ?*

— Moi ?

Johnny éclata de rire.

— Je ne demandais pas à Chester.

Il se pencha près de mon oreille et ajouta :

— Tu peux toujours chevaucher autre chose à la place si tu préfères.

Je rougis... et ma chatte se contracta... en entendant sa proposition alternative.

— Que dirais-tu de monter à cheval d'abord, puis tu pourras me chevaucher après.

— D'accord, soufflai-je, aimant cette idée. Mais les chevaux ? Euh... Toute seule ?

Il secoua la tête.

— Non, bien sûr. Avec moi. Tu peux monter sur Chester, et je prendrai Montague.

Ce n'était qu'un cheval. Les gens montaient à cheval tous les jours. Et Johnny ne me mettrait pas sur un animal qui pourrait être dangereux pour moi ou l'inverse. Je ne voulais surtout pas faire de mal à ce précieux cheval, aussi grand soit-il.

— Hum, d'accord.

J'étais Lyssa, n'est-ce pas ? Intrépide. Amusante. Un peu bizarre. Un tour à cheval et puis un tour sur le cowboy.

— Super.

Johnny me fit un sourire et ouvrit la porte du box de Chester.

Je reculai d'un pas, appuyant mon dos contre le mur du fond pour leur laisser beaucoup d'espace. Mon téléphone vibra et je le sortis de ma poche. C'était un message de Stan.

> Appelez-moi. Je ne vous en veux pas d'être partie. J'ai un autre projet à discuter avec vous. Il implique une grosse augmentation.

— Tout va bien ? demanda Johnny.

— Oui, c'est mon patron.

Il se redressa immédiatement, les yeux rivés sur moi.

— Je veux dire, mon ex-patron à L.A. Stan.

Johnny hocha la tête tandis que je rangeais mon portable. Quelques jours auparavant, j'aurais sauté sur l'occasion que m'offrait Stan. Cela me manquait d'avoir un but. De savoir ce que j'étais censée faire. J'aimais bien être la gentille fille. Faire plaisir à mon patron. J'avais presque envie de savoir quel nouveau projet il avait en tête. Et obtenir enfin cette augmentation de salaire. Mais cela aurait signifié redevenir l'ancienne Emma qui se serait retranchée dans ses habitudes. Et je jouais le rôle de Lyssa.

Alors, maintenant c'était quoi le programme ?

Je voulais monter à cheval et ensuite monter sur un cow-boy sexy.

13

JOHNNY

LYSSA N'ÉTAIT PAS à l'aise sur une selle. Elle serrait trop fort les rênes, les bras et les épaules tendus. Elle devait avoir mal aux fesses à cause de la façon dont elle se tenait au lieu de bouger avec le mouvement du cheval.

Elle ne se plaignait pas. En fait, elle avait l'air de passer un bon moment. Son visage était illuminé comme celui d'un enfant le matin de Noël, excité par quelque chose de nouveau, peut-être même par quelque chose qu'elle ne savait même pas qu'elle voulait.

Cependant, je ne pouvais pas l'emmener faire le tour du ranch et en rester là. Non, je devais faire en sorte que ce soit vraiment spécial. Je la voulais aussi pour moi tout seul. Nous n'étions pas encore arrivés au dortoir, où nous aurions plus d'intimité, sauf que même si j'étais le seul à vivre dans cet espace, seule ma chambre était réellement mon espace personnel. N'importe qui pouvait entrer dans la salle commune, utiliser une des douches. Et même s'installer dans l'une des chambres vides.

Alors je me montrais gourmand et allais faire en sorte qu'elle soit à moi et seulement à moi pour un peu plus longtemps en l'emmenant au point de baignade secret sur la propriété de Natalie et Rand. Ils faisaient partie de la meute, ce qui signifiait que l'endroit nous était réservé. Il n'y aurait pas de gens du coin. Nous serions à l'abri des regards indiscrets.

Lorsque nous arrivâmes en vue de cet endroit, je demandai à Montague de s'arrêter. Je pris les rênes du cheval de Lyssa, n'étant pas sûr qu'elle sache que le fait de tirer en arrière était un moyen de freiner.

— Qu'est-ce que c'est ?

Ses yeux parcoururent tout ce qui se trouvait devant elle.

— C'est une source d'eau chaude.

Elle tourna la tête vers la mienne, ses cheveux tombant sur ses épaules.

— Une source d'eau chaude ? Vraiment ?

Je hochai la tête, descendis de Montague, puis fis le tour pour soulever Lyssa, avec mes mains autour de sa taille. Je la fis glisser le long de mon corps, appréciant tous les contours de son corps alors qu'elle retombait sur ses pieds.

Nos yeux se croisèrent et elle se lécha les lèvres.

— Ça va ? lui demandai-je avant de la relâcher, je

voulais être sûr que ses jambes la soutiendraient bien après notre chevauchée.

Elle acquiesça et je reculai, lâchant les rênes.

Montague et Chester ne s'éloigneraient pas avec toute l'herbe qu'il y avait autour à manger.

— Tu t'es déjà baignée toute nue ?

Elle écarquilla les yeux, puis détourna rapidement son regard.

— Ma sœur a essayé, moi j'étais trop gênée.

Je parcourus du regard chaque centimètre carré de son corps.

— Tu n'as aucune raison d'être gênée, ma jolie.

Je lui pris la main et l'entraînai sur l'étroit sentier à peine visible. Nous étions plus haut sur le flanc de la montagne et de petits rochers parsemaient la colline, des buissons clairsemés et même quelques peupliers de Virginie apportaient un peu d'ombre. C'était vraiment magnifique.

— Je me souviens de la première fois que je suis venu ici, dis-je. J'ai adoré. Maintenant, je peux partager ça avec toi. Zut, est-ce que c'est trop ? Pour notre rencart plus plus, ajoutai-je avec un clin d'œil.

— Littéralement.

Lorsque je fronçai les sourcils sans comprendre, elle ajouta :

— Des sources d'eau chaude, chaud, torride, tu comprends ?

— Ah oui, bien sûr ! J'ai un rencart plus plus aux

sources d'eau chaude avec la plus belle femme du Montana.

Je m'arrêtai au bord de la source, si on ne touchait pas l'eau et qu'on ne savait pas à quel point elle était chaude, ça ressemblait juste à une source.

— L'eau fraîche arrive de la cascade, donc c'est assez froid, dis-je en pointant du doigt l'autre côté du bassin. L'eau chaude de la source vient du sous-sol et se déverse dans le bassin par ici. L'eau est très chaude de ce côté-là, alors il ne faut pas s'en approcher. Tout se mélange pour que ce soit parfait au milieu.

— C'est... incroyablement joli, murmura-t-elle, en continuant à regarder comme s'il s'agissait d'un autre cadeau de Noël.

Je lui lâchai la main et enlevai mon tee-shirt.

— Allons nager.

Elle me regarda fixement pendant que je me déshabillais. Je n'étais pas gêné par mon corps. Aucun métamorphe ne l'était. Mais j'appréciais l'admiration qu'elle me portait. J'entrai dans l'eau, de plus en plus profondément, jusqu'à ce que je m'enfonce jusqu'aux épaules.

— Allez, ma belle. Touche l'eau. C'est incroyable.

Elle marcha jusqu'au bord, s'accroupit et enfonça le bout de ses doigts dans l'eau.

— C'est super chaud !

— Tu n'auras pas froid !

Les journées étaient chaudes, mais les nuits étaient de plus en plus fraîches. Si ça n'avait pas été une source d'eau chaude, je ne l'aurais pas laissée se baigner. On était trop loin du ranch pour être mouillés et avoir froid, même si je la réchauffais pendant qu'on faisait peur aux poissons.

Je bougeai mes mains d'avant en arrière sur la surface de l'eau en la regardant se décider. Je sortirais, la déshabillerais et la jetterais à l'eau s'il le fallait, mais ce serait plus amusant qu'elle vienne de son plein gré. Elle allait se décider d'une seconde à l'autre. Comme si elle décidait de faire preuve de détermination. Comme si elle osait être audacieuse et sauvage.

Mon cerveau se mit soudain en pause parce que ma compagne se déshabillait. Elle retirait chaque vêtement. En plein soleil. Ma bite se mit instantanément à bander, et lorsqu'elle s'avança dans l'eau, je ne pus rien faire d'autre que de me diriger vers elle. Je la pris dans mes bras et la guidai pour qu'elle enroule ses bras et ses jambes autour de moi.

Ses longs cheveux bruns flottaient en éventail autour d'elle, à la surface de l'eau.

— Tu es magnifique, murmurai-je avant de l'embrasser. J'ai amené ma sœur ici une fois, avec ses enfants, dis-je en souriant me rappelant de tout le bruit qu'avaient fait les gamins, cela a probablement effrayé tous les animaux qui se trouvaient à un kilomètre à la ronde.

Ses yeux noirs se posèrent sur les miens.

— Mais je préfère ce moment, admis-je, rien n'était plus agréable que d'être avec elle.

— S'il te plaît, dis-moi que tu ne t'es pas baigné tout nu avec eux.

Je grimaçais.

— C'était ma *sœur*. J'ai amené ma *sœur*. Mon dieu, non. Mais pour les enfants, oui. Qu'y a-t-il de plus amusant que de courir tout nu dehors ?

Elle sourit puis détourna le regard.

— Je n'ai jamais couru nue dehors, donc je ne peux pas dire.

— Comme maintenant ? demandai-je, un peu surpris. Elle semblait prête à tout partout. Tu ne t'es jamais mise nue comme tu fais avec moi maintenant ?

Elle hocha la tête.

— Alors ce n'est qu'un début.

Elle inclina la tête en arrière et se mit à rire.

— Je ne vais pas courir nue dans la nature. Je ne suis pas...

Je fronçai les sourcils lorsqu'elle coupa court à ses paroles.

— Tu n'es pas quoi ? Assez grande ?

Elle fronça les sourcils.

— Assez grande ? Qu'est-ce que ça a à voir avec le fait de courir nue ?

Je haussai les épaules, tout en passant ma main le long de son dos nu. Ma bite se balançait entre ses fesses et je pouvais sentir la chaleur de sa chatte contre mon ventre.

— Je ne sais pas. Tu n'es pas quoi alors ?

Elle se mordit la lèvre.

— Je ne suis pas ma sœur. C'est elle qui n'a peur de rien.

Je souris.

— Oui, la mienne est pareille. On a essayé d'égaler le

record du monde de hot-dogs, qui est de manger quatre-vingts hot-dogs à peu près, avec le pain et tout. Simi a réussi à en manger dix. J'en ai mangé six et j'ai vomi. Je n'ai jamais mangé de hot-dog depuis.

Elle se mordit la lèvre en essayant de ne pas rire.

— Et Simi ?

— Elle a mangé le dessert juste après. C'est incroyable, non ? Elle a l'estomac solide.

Maintenant, elle se mit à rire.

— Parle-moi de ta sœur, lui dis-je.

Puisque nous avions toutes les deux des sœurs, il semblait que nous avions quelque chose en commun et que nous pouvions compatir l'un pour l'autre.

Ses yeux s'écarquillèrent pendant une seconde, puis elle se calma.

— Elle est plus âgée. Quand je faisais mes études, elle faisait la fête. Quand je travaillais, elle papillonnait au gré du vent.

Je l'embrassai sur le bout du nez.

— Elle ressemble à un pissenlit.

Lyssa sourit.

— D'une certaine manière. Elle va là où le vent l'emmène.

— Où est-elle maintenant ?

— À Ibiza.

— Waouh. Oui, je vois ce que tu veux dire.

— Je ne suis pas comme elle.

Son regard se posa sur le mien, elle n'avait pas l'air sûre d'elle.

— Qui ressemble à ses frères et sœurs ? Je ne suis pas comme Simi, c'est sûr. Tu as rencontré Colton et Rob. Ils ont un frère, Boyd. Les trois frères Wolf ne se ressemblent *pas du tout.*

Elle semblait toujours un peu en retrait. Comme j'étais excité et qu'elle était nue, pressée contre moi, je bougeai mes mains et en descendis une pour caresser sa chatte.

— Tu me plais, Lyssa. Telle que tu es.

Elle rougit, détourna le regard, puis ses yeux se fermèrent lorsque je glissai un doigt en elle–très facilement puisqu'elle était déjà mouillée pour moi–bien profondément.

— J, dit-elle en respirant.

Putain, quand elle m'appelait ainsi, j'adorais ça. Surtout avec cette voix douce et sensuelle. Personne ne l'avait jamais fait auparavant. Je lui caressai la nuque tout en la doigtant. Au fur et à mesure qu'elle approchait de l'orgasme, je ressentais l'envie de la mordre. De la marquer à la jonction du cou et de l'épaule.

Ce serait facile. C'était juste là. Mais je voulais, non, j'avais besoin que Lyssa sache tout de moi avant de le faire. Je voulais qu'elle sache qui j'étais, à l'intérieur comme à l'extérieur, et qu'elle veuille que je la marque. Qu'elle veuille être à moi pour toujours.

Il était possible qu'elle se détourne de moi lorsqu'elle connaîtrait les moindres recoins sombres de mon âme.

Alors, au lieu de planter mes dents dans sa peau soyeuse, je retirai mon doigt, bougeai ses hanches et enfonçai ma bite bien profondément en elle. Il n'y avait rien entre nous. Je la prenais à nu, et ses parois étaient si lisses, si chaudes, que je n'allais pas tenir longtemps.

Quand elle cria mon nom et qu'il se répercuta sur les rochers, je la pénétrai avec force et rapidité. Je pouvais satisfaire son corps, lui donner tous les orgasmes dont elle avait besoin. Je la baiserais jusqu'à ce qu'elle veuille bien m'appartenir pour toujours.

C'était un bon plan, non ?

14

EMMA

J'ÉTAIS ALLONGÉE sur un rocher, en train de prendre le soleil. Nue.

Tu n'as qu'à bien te tenir, Lyssa. Finalement, moi aussi j'étais capable d'être sauvage et désinhibée. Du moins quand je faisais semblant d'être ma jumelle.

Johnny m'avait donné son t-shirt pour que je l'utilise comme serviette quand nous étions sortis du bassin. Je m'étais *pâmée*. Ce type était un vrai gentleman. Nous étions maintenant étendus sur un rocher plat au sommet de la cascade, au-dessus du bassin dans lequel nous venions de faire l'amour.

Je vivais une sorte de fantasme insensé.

— Alors, je n'ai pas demandé quand je t'ai emmenée ici, demanda Johnny, d'une voix basse et indolente. Combien de temps nous reste-t-il avant que je ne doive te ramener au ranch ?

Je me redressai, cherchant mon t-shirt de la main afin de me couvrir. Mon Dieu, essayait-il de se débarrasser de moi ? Il fallait que je parte d'ici.

Johnny repoussa mes vêtements hors de ma portée.

— Waouh, waouh, beauté. Où penses-tu aller comme ça ? Ce n'était certainement *pas* une allusion. C'était le contraire d'une allusion.

Je me sentis rougir et reportai mon regard sur sa main, dans laquelle il tenait mes vêtements hors de ma portée. J'émis un rire gêné en pensant que j'avais tiré des conclusions hâtives et pensé qu'il voulait se débarrasser de moi. Ou qu'il avait peut-être changé d'avis à mon sujet.

— J'ai toujours besoin d'entrer en contact avec Chapman, alors je me disais que je te ramènerais quand il sera là. Mais je ne suis pas pressé. En fait, je serais tout à fait heureux s'il ne revenait pas avant l'année prochaine, ajouta-t-il en me faisant un sourire en coin très sexy.

Des papillons s'envolèrent dans mon ventre. Il était si beau, à tomber à la renverse. Et attentionné.

— Quand est-ce que tu penses qu'il va revenir ? demanda-t-il.

Je clignai des yeux, trop concentrée sur la façon dont ses abdominaux étaient si bien dessinés que j'aurais pu les escalader.

— Quoi ? Oh...

Mince alors. Quand Chapman serait-il de retour ? Lyssa m'avait donné l'impression qu'il ne venait presque jamais.

— Je, euh, je ne sais pas trop en fait.

Johnny m'étudia.

— Est-ce que tu pourrais lui passer un coup de fil pour avoir une idée ?

Zut. Est-ce que je donnais l'impression de mentir ? C'était la vérité, je ne savais pas, parce que mon histoire était complètement bidon. Mais c'était quand même un mensonge. Il avait bien vu que je mentais tout à l'heure. Il l'avait remarqué à chaque fois que j'avais essayé d'être vague dans mes explications.

Je tentai de me souvenir de ce qu'avait dit Lyssa. Elle avait vu son patron deux semaines plus tôt, et il ne reviendrait probablement pas avant deux semaines.

— Je pense, euh, peut-être dans une semaine ou deux. Je peux essayer de l'appeler pour le savoir.

Je ne connaissais pas son numéro de téléphone ! J'allais devoir faire semblant de l'appeler. Je me sentais mal à l'aise de faire ça à Johnny, mais j'étais vraiment coincée dans mes mensonges.

Johnny haussa les sourcils.

— Je peux te garder une semaine ou deux, ou tu dois être là-bas pour récupérer le courrier ? Est-ce qu'on peut dire un mois sinon ?

Je ris, une sensation de bien-être envahissant ma poitrine.

— Mais ça me ferait plaisir que tu saches pour Chapman. Rob a besoin que je règle une affaire en rapport avec le ranch avec lui. Et je ne voudrais pas que tu perdes ton travail.

— As-tu essayé de l'appeler ? demandai-je. J'étais sûre qu'ils avaient son numéro.

Johnny se frotta le front.

— Oui, mais il n'a pas répondu. C'est pour ça que j'ai fait tout ce chemin. J'espérais pouvoir régler les choses en face à face. Mais peut-être qu'il répondra à tes appels puisque tu es son employée.

Régler les choses. Heu. Je me demandais quel genre de ranch le patron de Lyssa dirigeait là-bas. Il y avait du bétail et de grands espaces, et Lyssa disait que parfois les cow-boys allaient dans la grange. Il devait y avoir une vraie exploitation là-bas, mais c'était aussi tout à fait clinquant et glamour. Je savais, pour avoir travaillé à Hollywood, qu'il s'agissait souvent d'un show sans véritable capital ou valeur nette. Mais, non, le ranch de Chapman sentait l'argent à plein nez. Rien que le terrain... il devait valoir des dizaines de millions.

— Est-ce qu'il... vous doit de l'argent ? C'est quelque chose comme ça ? demandai-je. Il a volé votre bétail ?

Johnny prit son chapeau et le laissa tomber sur sa tête, comme s'il voulait se cacher les yeux.

— Oui, c'est quelque chose comme ça. Mais ce sont les affaires de Rob, alors je ne peux pas vraiment en parler.

Mon sourire disparut. Oups.

— Oh. Désolée.

— Non, non, non, dit-il en retirant son chapeau. Ne sois pas désolée. Putain, c'est moi qui suis désolé. Est-ce que je viens de me comporter comme un con ?

— Non.

Mon cœur battait la chamade comme si nous venions de nous disputer, sauf que ce n'était pas le cas. Quelque chose ne tournait pas rond. Je le sentais, mais je n'arrivais pas à savoir quoi. Rob était le propriétaire de Wolf Ranch. C'était déjà une grosse entreprise en soi. J'aurais même eu tendance à dire que c'était un ranch plus actif que celui de Chapman. C'était un homme occupé, alors il avait envoyé un de ses employés de ranch s'occuper de ses affaires.

Mais pourquoi était-ce secret ? Ou plutôt, quel était ce secret qu'ils gardaient ? Ou était-ce seulement moi qu'on laissait dans l'ignorance ? Est-ce que cela avait de l'impor tance ? Quoi qu'il en soit, tout s'était passé avant que Johnny ne me rencontre. Ce n'était vraiment pas mes affaires.

— Tu veux bien essayer de l'appeler pour moi ? me demanda-t-il.

Je déglutis difficilement puis hochai la tête. Je fis semblant de chercher un numéro sur mon téléphone et le portai à mon oreille. Au bout d'une minute, je reposai le téléphone et dis :

— Pas de réponse.

Il sourit.

— Eh bien, ça me convient, alors. Je te garde jusqu'à ce qu'il revienne, me dit-il. C'est réglé.

Je souris. Une certaine nervosité s'installa à nouveau dans ma poitrine.

— Tu me gardes ?

Il acquiesça.

— Oui, tu es à moi et tu ne le sais pas encore.

Je remuai ma main dans les airs et dis :

— Je pensais qu'on était dans la catégorie des rencarts plus plus.

Son sourire faiblit.

— Ah oui, c'est vrai. C'était ce qu'on avait dit. Je peux changer les règles ?

Il m'attrapa et fut assez fort pour me soulever sans que mes fesses ne touchent le rocher, puis il m'assit sur ses genoux.

— Mon Dieu, tu es vraiment fort, dis-je en riant.

Il me montra ses biceps et ajouta :

— C'est le travail au ranch.

Ne voulant pas aborder la question de savoir s'il s'agissait d'un rencart plus plus ou s'il voulait me garder, je réorientai la conversation.

— Alors, Marina et Colton m'ont dit que tu étais venu ici à l'âge de dix-huit ans ?

Il passa ses bras autour de ma taille et me mordilla le bras.

— Oui, c'est vrai.

— Pourquoi ? Je veux dire, comment as-tu trouvé ce travail ? Qu'est-ce qui t'a donné envie de travailler dans un ranch ?

Il se raidit légèrement. Suffisamment pour que je me tourne sur ses genoux et que je m'assoie de côté, le bras autour de ses larges épaules, afin de pouvoir voir son visage.

— Qu'est-ce qu'il y a ?

— Je... dit-il en ouvrant la bouche, puis en la refermant. Ce n'est pas une belle histoire, pour être honnête.

Je reculai.

— Oh. Eh bien, tu n'es pas obligé de me raconter. Je suis désolée, je ne voulais pas...

— Non, non. Ne sois pas désolée. C'est juste que... Je me suis fait virer de chez moi, ajouta-t-il en déglutissant bruyamment.

Mes yeux s'écarquillèrent.

— Je veux dire, j'étais adulte et tout, donc ce n'était pas un problème.

— À dix-huit ans, on est loin d'être un adulte, m'empressai-je d'ajouter, en colère pour lui.

Quel genre de parents mettaient leur enfant à la porte à cet âge ? Beaucoup, j'imaginais, mais je trouvais que c'était un manque de cœur.

— Pourquoi ? Il s'est passé quelque chose ?

Il hocha la tête et prit un air sérieux.

— Ma sœur... a été agressée. Et j'ai mis fin à l'agression. Et...

Il déglutit difficilement.

Je retenais mon souffle, attendais.

— Il l'avait blessée, et j'étais jeune. J'ai... j'ai été violent.

— Oh.

Je pris le temps de respirer pour absorber cette information, car j'avais du mal à concilier la violence avec le type prévenant et attentif qui me tenait dans ses bras. Mais je pouvais comprendre qu'il soit protecteur. Il était le héros qui n'avait pas hésité à se précipiter pour me sauver de mes biscuits brûlés et d'une fausse alerte incendie.

— Ça se comprend, bien sûr. C'était dans le feu de l'action.

Johnny croisa mon regard. Je lus de l'anxiété dans ses yeux noirs, comme s'il était sûr que je le rejetterais à mon tour.

— J'ai été trop loin, c'est sûr.

Je retins mon souffle. Voulait-il dire .... *trop loin*, trop loin ?

En fait, je ne voulais pas le savoir. Quoi qu'il se soit passé, cela avait été traumatisant pour lui et pour toutes les personnes impliquées. Il avait dû avoir peur. Le fait que cela le perturbe encore, des années plus tard, était révélateur. Je refoulai mes larmes.

Il avait l'air inquiet.

— Je suis désolée, chuchotai-je.

Il me serra dans ses bras.

— Tu es désolée ? Pour moi ?

— Oui. La situation était horrible et sans issue, et tu as fait ce qu'il fallait sur le moment pour protéger ta sœur. Je suis désolée que tu aies eu à vivre cela.

Johnny posa son front sur mon épaule et soupira, comme s'il était submergé par une émotion qu'il refusait de montrer.

Mon cœur battait la chamade à son contact. À cause de sa vulnérabilité et du moment intime que nous venions de partager.

C'était peut-être plus qu'un rendez-vous avec bénéfices.

L'homme de mes rêves venait de devenir tridimensionnel. Il n'avait pas une personnalité superficielle. Mais un cœur avec des blessures.

Il m'avait peut-être semblé absolument parfait, mais il était humain, avec des défauts et des insécurités, tout comme moi.

Je plongeai mes doigts dans les cheveux à l'arrière de sa tête et les massai.

— Je suis heureuse que tu aies trouvé ce ranch, dis-je. On dirait que tu fais partie de la famille ici.

Il leva la tête et hocha la tête, les yeux plissés.

— La famille que l'on trouve soi-même, c'est la meilleure qui soit.

Une famille qui s'était trouvée. Voilà ce dont j'avais été témoin ce matin dans la grande cuisine du ranch. Je les avais même un peu enviés. J'avais eu Lyssa comme partenaire de jeu pendant mon enfance, et nous avions même commencé à fréquenter la même université avant qu'elle n'abandonne ses études pour devenir mannequin à New York. Cela n'avait pas fonctionné, mais elle avait commencé à se lancer dans des aventures qui duraient depuis des années et qui la menaient maintenant à Ibiza.

J'avais l'habitude de travailler en collaboration avec des gens. En équipe. C'est pourquoi les effets cinématographiques m'avaient semblé être une bonne option au début. Mais nous n'avions pas formé une famille, pas du tout. Ce groupe avait été toxique.

Mon téléphone vibra pour indiquer la réception d'un message.

Il me tendit ma pile de vêtements et je le sortis de la poche de mon jean. J'ouvris l'écran. C'était un message photo de Lyssa. Néanmoins, je ne voulais pas que Johnny le voie. Qu'il la voie.

Je ne voulais pas qu'il sache qu'il existait une jumelle plus haut de gamme. Peut-être pas plus jolie, puisque nous étions identiques, mais certainement plus sexy. Lyssa était la sensualité personnifiée.

S'il voyait Lyssa, je devrais lui expliquer que la sœur dont je lui avais parlé était en fait ma jumelle. Et le fait que j'étais en train de jouer le rôle de ma jumelle en ce moment même serait révélé au grand jour, et toute cette expérience fantastique prendrait fin.

Je lui avais menti et je lui mentais encore.

Non, je voulais qu'il continue à croire que j'étais Lyssa. La seule et unique Lyssa qui se tapait des cow-boys sexy dans l'heure qui suivait leur rencontre.

Ou du moins ce cow-boy sexy.

Je fermai l'écran et posai mon téléphone.

— Ce n'était pas Chapman, hein ?

Exact. Il avait besoin d'informations sur Chapman. Il faudrait que j'appelle Lyssa pour lui demander davantage d'informations sur lui. Je n'étais pas prête à lui dire mon vrai nom, mais je pouvais au moins essayer de faire le travail que je faisais semblant d'avoir. Et Johnny avait un travail, et je l'empêchais de travailler. Si Rob avait besoin d'entrer en contact avec Chapman, alors je devais essayer de le faire pour lui.

Je secouai la tête.

— Non, c'était ma sœur. Il faudrait sans doute que je l'appelle.

Je poussai sur son épaule pour essayer de me dégager de ses genoux, mais il était déjà en train de me soulever par la taille pour me mettre debout.

Waouh. Je pourrais m'habituer à la présence d'un homme aussi fort.

Je pourrais m'habituer à beaucoup d'attributs de Johnny.

Y compris ce glorieux appendice entre ses jambes.

Ha, maintenant j'avais des pensées aussi cochonnes que ma jumelle.

Je composai le numéro de Lyssa et m'éloignai pour ne plus être à portée de voix.

— Coucouuuuu ! lança Lyssa dans le téléphone quand elle répondit. Cela me fit sourire. Tu as reçu mon message ?

Je rouvris le message maintenant que Johnny ne regardait plus par-dessus mon épaule. C'était Lyssa, en bikini noir sur un yacht, avec un homme très sexy à côté d'elle.

Je remis le téléphone à mon oreille.

— Oui, c'est magnifique ! Tu t'éclates ?

— Je m'amuse beaucoup. Le sultan me traite comme une princesse. Comment va la vie au ranch ?

Je me mordis la lèvre, puis grimaçai.

— En fait, je n'y suis pas pour l'instant. Ce n'est pas grave, n'est-ce pas ? Si je n'y suis pas pendant quelques jours ?

Madame La Responsable était de retour avec un jour de

retard, probablement en réponse à l'insouciance de ma jumelle.

— Oh, non, pas du tout. Chapman n'a même pas besoin d'intendante. Je veux dire, *pfff*. Peu importe si son courrier récupéré et déposé sur le comptoir de la cuisine tous les jours.

Chapman s'en souciait probablement, mais Lyssa n'allait pas y réfléchir comme je l'aurais fait.

— Où es-tu, Emmie ? S'il te plaît, dis-moi que tu n'es pas retournée à ton travail.

— Non. J'ai rencontré quelqu'un, dis-je en baissant la voix.

Lyssa criait pratiquement dans le téléphone.

— Quoi ? C'est super ! Je veux tous les détails. Donne-moi tous les détails.

— C'est un cow-boy sexy, chuchotai-je. Il travaille dans un ranch à quelques heures de chez Chapman, et c'est là que je suis maintenant.

— Tu es sérieuse ? Tu te fais baiser par un cow-boy sexy ? C'est la meilleure des nouvelles. Je savais que quitter ton travail et venir dans le Montana était la meilleure chose à faire !

— Je suis d'accord. Pour l'instant, Los Angeles et mon ancien travail me font l'effet d'une maladie dont je n'arrive pas à me remettre.

— Eh bien, guéris vite sœurette, guéris vite. Chevauche ce cow-boy sexy jusqu'à ce que ce ne soit plus qu'un lointain souvenir !

Je ris.

— J'en ai bien l'intention. En parlant de ça... j'ai trouvé une boîte de sex-toys non ouverte sous ton lit.

— Oh, ça ? Ils m'ont été envoyés pour que je puisse représenter la société, mais j'ai rencontré Ralph, le professeur de tennis à Scottsdale. Non, c'était peut-être Andy, le moniteur de ski. Je n'arrive plus à me souvenir. Quoi qu'il en soit, tu peux les garder !

Elle mélangeait deux hommes différents dans son esprit. C'était typique chez Lyssa.

— Ok, bien. Parce que j'ai apporté la boîte avec moi.

— Humm, profitez-en. Je dois y aller, le sultan m'appelle.

— Attends, attends ! Encore une chose. Quand est-ce que Chapman revient ? Parce que mon cow-boy sexy a besoin de le voir, et il a du mal à le joindre.

— Je ne sais pas... j'arrive tout de suite ! lança-t-elle à son amant le plus récent.

— Attends, tu peux te renseigner ? C'est important. Appelle-le et tiens-moi au courant, d'accord ?

— Oui, je le ferai. Amuse-toi bien avec les sex-toys ! Je t'aime, byeeeee !

Je mis fin à l'appel et souris. Pour une fois, je m'amusais autant–et je faisais autant l'amour–que Lyssa et c'était sacrément agréable.

15

JOHNNY

APRÈS NOUS ÊTRE HABILLÉS, je descendis chercher les chevaux pour donner à Lyssa un peu d'intimité pendant qu'elle appelait sa sœur. Ou du moins c'était ce qu'elle croyait.

Avec un peu de chance, mon ouïe de métamorphe me permettrait de déceler quelque chose à propos de son patron, si elle mentait et qu'elle l'appelait vraiment à la place. Elle s'était montrée un peu bizarre quand j'avais recommencé à l'interroger. Je détestais l'idée de ne pas lui faire confiance. Mon loup lui faisait confiance, mais c'était à un niveau plus primaire. Quelque chose ne tournait pas rond. Je le sentais au plus profond de moi.

Pourquoi m'aurait-elle menti ?

Pourquoi pas ? Je lui mentais moi-même.

J'espérais ne pas avoir été trop insistant en lui demandant des informations sur Chapman. J'avais l'impression
d'être un trou du cul de première. Mais ce n'était pas
comme si je pouvais lui dire : *Dis donc, je vais faire comparaître ton patron devant le Conseil, et il sera très probablement
tué par moi ou par un autre métamorphe, alors peux-tu me
donner son numéro ?*

Je ne lui avais pas dit la vérité sur la raison pour
laquelle j'étais allé au ranch de son patron. Je ne pouvais
pas mettre en danger toute une meute en lui disant la vérité
sur nous tant qu'elle n'était pas amoureuse de moi. Tant
qu'elle n'était pas à moi. Tant que je n'aurais pas pu la
marquer.

Mais ce n'était pas tout.

Putain, je n'arrivais pas à croire que j'avais failli lui dire
que j'avais tué Frank Archer, le type qui avait attaqué Simi.

Comment aurait-elle pris cette information ?

Oh, au fait, ton nouveau petit ami–ou petit jouet, peu
importe comment elle me considérait–est un tueur. Et je
l'ai fait à mains nues... et avec mes crocs.

Je n'étais pas seulement un tueur au sang chaud, ce qui
avait été le cas auparavant. Maintenant, je tuais de sang-
froid.

Elle se mettrait à courir et ne s'arrêterait pas avant
d'être de retour au ranch de Chapman. Je ne pouvais pas lui
montrer qui j'étais vraiment. Ce qui se cachait en moi.

Mon loup grogna. Il n'aimait pas la tromperie. Il n'aimait pas que je cache quoi que ce soit à notre compagne.

Je n'aimais pas ça non plus, mais il n'y avait pas d'autre solution.

Elle resta d'abord silencieuse, faisant les cent pas en me tournant le dos.

Oui, elle ne voulait clairement pas que j'entende sa conversation. Une vague d'inquiétude me traversa.

Que savait-elle de Chapman ?

Il me semblait impossible qu'elle fasse partie du trafic de louves, mais je sentais son anxiété quand je lui posais des questions sur lui. Avait-elle peur de lui ?

Savait-elle qu'il était dangereux ?

Savait-elle que c'était un métamorphe ?

Bon sang, il fallait que je trouve un moyen de lui soutirer toutes ces informations sans l'effrayer et la faire sortir de ma vie. Ou l'énerver.

Si elle pensait que je l'avais manipulée pour atteindre son patron...

Eh bien, merde, en effet c'était bien le cas.

Mais ce n'était pas comme si j'avais l'habitude de séduire les femmes impliquées dans les boulots que je faisais. C'était ma compagne.

Je me dirigeai vers l'endroit où nous avions laissé les chevaux et les appelai en sifflant. Chester vint tout de suite ; Montague, ce cheval abruti, m'ignora complètement.

Je sifflai à nouveau.

La voix de Lyssa portait dans la brise, mais je ne pus en saisir que des bribes.

— ...cow-boy sexy... boîte de sex-toys.

Ma bite durcit à nouveau en entendant parler de moi et de la boîte de jouets. Putain, je les avais oubliés.

Un sentiment de soulagement me traversa.

Tant mieux. Je doutais sérieusement que ce soit quelque chose qu'elle aurait partagé avec Chapman. Elle devait vraiment parler à sa sœur.

De moi.

Mon loup fit un geste de satisfaction dans l'air.

Merci, putain ! Elle n'était peut-être pas prête à me considérer comme un petit ami, mais elle avait besoin de mes services de cow-boy.

Oui, madame. Je vais absolument ouvrir tous les jouets de cette boîte et les utiliser sur toi. Je vais te mettre les menottes, te donner la fessée et réaliser tous tes fantasmes.

16

EMMA

JE SORTIS DE LA DOUCHE, le corps enveloppé dans une serviette, et entrai dans la chambre de Johnny. Et je fis un arrêt sur image.

— Hum, qu'est-ce que c'est que tout ça ? demandai-je.

Johnny n'avait pas chômé. *Tous* les sex-toys de la boîte de Lyssa étaient posés sur le lit.

Il se tenait là, agitant la main comme s'il s'agissait d'un jeu télévisé et que les jouets étaient mon prix.

— Je veux connaître tes préférés.

Je déglutis bruyamment. Mes préférés ? La seule raison pour laquelle j'avais trouvé la boîte sous le lit de Lyssa était que j'avais donné un coup de pied dedans et m'étais cognée l'orteil. Quand j'avais sorti la boîte, j'avais été gênée et impressionnée. Lyssa et moi étions peut-être de vraies jumelles, mais nous ne nous ressemblions pas du tout en termes de caractère. Je savais qu'elle faisait l'amour. Très souvent. Mais je n'avais pas besoin de savoir qu'elle aimait être attachée ou qu'elle aimait qu'on lui mette un gros plug dans le cul. J'avais donc rangé la boîte, car pourquoi cette vieille Emma barbante utiliserait-elle l'un des objets que la compagnie de sex-toys avait envoyés à Lyssa lorsqu'elle avait été leur représentante l'année dernière ?

Mais Johnny m'avait fait me sentir aventureuse. Il m'avait fait jouer mon rôle de Lyssa et m'avait poussée à devenir sauvage et déjantée. Mais les sex-toys ?

Johnny attendait patiemment–son regard parcourait mon corps enveloppé dans ma serviette–pendant que je réfléchissais à ce qui était en train de se passer.

— Tu... euh, quoi ?

Il se rapprocha de l'étalage de jouets sur son édredon bleu marine.

— Qu'est-ce qui t'excite, ma belle ?

— Toi, admis-je.

— Ça me fait plaisir de l'entendre.

Il sourit et s'approcha de moi, ouvrant ma serviette pour admirer mon corps. Son gémissement d'appréciation fit durcir mes tétons. Il tira sur les extrémités de la serviette pour m'attirer contre lui. Le renflement de sa bite se pressait contre mon ventre à travers son jean.

— Ce soir, tu m'auras moi et ton préféré. Sa voix avait quelque chose de grave.

Je regardai vers le lit et Johnny me relâcha, refermant d'abord ma serviette.

Hmm... un jouet *et* Johnny ?

Oui, excellente idée. C'était dans mes cordes.

Timidement, je m'installai au bord du lit et étudiai les options qui se présentaient à moi. Johnny passa un bras autour de ma taille, installant sa carrure derrière moi. Il se pencha et me murmura à l'oreille :

— Tu aimes le fouet ?

De sa main libre, il désigna le petit modèle avec de courtes lanières de cuir attachées à un manche noir.

Je secouai la tête.

Il se déplaça et déposa un baiser derrière mon oreille, puis le long de mon cou. Ce geste fit naître la chair de poule. Même si j'étais humide après la douche et seulement vêtue d'une serviette, j'étais loin d'avoir froid.

— Et les pinces à tétons ?

C'était ça les trucs roses qui ressemblaient à des pinces à servir des frites ? Alors que ma chatte se contractait et que mes tétons durcissaient à l'idée d'être pincés par ces pinces, je murmurai :

— Non.

Il m'embrassait maintenant le long de l'épaule.

— Choisis, beauté. Je n'ai pas besoin d'un jouet pour te faire jouir, mais ce sera amusant de jouer avec.

Amusant. Amusant.

Nous allions faire l'amour. Il ne remettait pas cela en question. Ce que je choisirais, serait pour s'amuser. Il ne me jugerait pas. Il voulait me faire jouir et jouer.

Lyssa ferait ce genre de choses. Elle en choisirait quelques-uns et se lâcherait.

J'étudiai les différentes options à nouveau.

— Pas de fouet.

— Et les autres accessoires de fessée ?

Je me léchais les lèvres.

— Ta main. Si tu me donnes une fessée, je veux que ce soit avec ta main.

Sa main frôla ma cuisse et glissa le long de mes fesses, les prenant à pleine main. Puis il me donna une petite fessée.

— Comme ça ?

Je gémis parce que... bon sang, c'était excitant.

— Oui, admis-je.

Il n'avait pas frappé fort, et ma peau ne faisait que picoter.

— Seulement avec la main, chérie. J'ai compris. Fais-moi plaisir et choisis autre chose, ou je te penche en avant sur ce lit et je te donne une fessée. Ensuite, tu pourras choisir ton préféré avec le cul rouge.

Oh, mon Dieu.

Puis il murmura :

— Peu importe ce que tu choisis, j'aurai envie de jouer avec. Ce qui t'excite m'excitera. Il n'y a pas de mauvaises réponses.

Je me retournai dans ses bras et levai les yeux vers lui.

Son regard noir était intense. Féroce.

— C'est une boîte de représentation commerciale. Je ne les ai jamais...

— Utilisés ?

Je hochai la tête.

— Je sais, ils sont tous dans leur emballage.

Je secouai la tête.

— Je veux dire, hum, que je n'ai jamais utilisé de sex-toys de toute ma vie.

Ses yeux s'écarquillèrent.

— Jamais ?

Je secouai à nouveau la tête.

— Non.

— Alors ça va être amusant. Et sacrément excitant.

Amusant.

Je savais ce qu'il fallait faire pour m'amuser. J'étais *Lyssa* après tout. Je tournai sur moi-même, me plaçai juste devant le lit et examinai sérieusement les jouets. Après quelques minutes, je pris les menottes, un très petit plug anal violet et un vibromasseur rose qui ressemblait à un crayon.

— Oh, putain, excellent choix.

Johnny se pencha devant moi et attrapa les petits échantillons de lubrifiant qui ressemblaient à des paquets de ketchup.

— On va avoir besoin de ça aussi.

Puis il tendit le bras, accrocha un doigt à l'avant de la serviette qui m'enveloppait et tira. La serviette retomba à mes pieds.

J'étais nue.

— Bordel de merde.

Il enleva son chapeau de cow-boy et le jeta sur la commode.

— Je vais prendre la douche la plus rapide qui soit. Quand je sortirai, je veux que tu sois sur le lit et que tu utilises ce vibromasseur. Tu as intérêt à être bien mouillée, ou je te donne une fessée.

Oh, mon Dieu. Cette voix grave. Ce regard noir. Cette promesse.

Même s'il avait déjà été audacieux et qu'il avait déjà dit des choses cochonnes auparavant, cette fois-ci, il passait à un tout autre niveau. Il était désinhibé quand il s'agissait de sexe. Sauvage aussi. J'adorais ça. Mais maintenant ?

Waouh. La seule chose qui sortit de ma bouche fut :

— D'accord.

17

JOHNNY

Lorsque je sortis de la douche, ma bite était si dure que j'aurais pu percer la roche avec.

Putain de merde. Ma compagne voulait que je lui mette les menottes, que je lui donne la fessée et que j'utilise un vibromasseur sur elle. Je croyais que j'étais mort et que je m'étais réveillé au paradis.

Ça n'aurait pas pu être mieux.

Ah si, en fait, cela aurait été possible, me rappela mon loup.

Je m'étais fait plaisir en léchant et en embrassant son cou et son épaule. J'aurais pu la revendiquer pour qu'elle soit à moi pour toujours.

Ce soir. Maintenant, me disait mon loup.

La lumière de la lune presque pleine scintillait à travers

les fenêtres et la lucarne du dortoir, m'imprégnant du besoin de la marquer.

Mais elle n'était pas prête pour cela. Elle m'avait rencontré la veille. J'avais eu une chance inouïe qu'elle ait accepté de revenir à Wolf Ranch avec moi pour explorer un peu plus cette connexion entre nous, mais elle n'était pas encore amoureuse. Elle n'était pas prête à passer le reste de sa vie avec moi.

Elle n'était certainement pas prête à découvrir que j'étais d'une espèce différente de la sienne. Une espèce qui prenait une forme animale et qui courait et hurlait à la pleine lune. Et même si elle était prête, comment pourrais-je lui parler de mon nouveau rôle au sein de la meute ? Lui dire que j'étais un homme de main envoyé par le Conseil pour éliminer les menaces qui pesaient sur notre existence ? Autrement dit, que j'étais un tueur.

Non, je ne pouvais pas penser à cette question. Il fallait que je lutte contre ma nature et que je ne la marque pas.

Je devais être prudent. L'immobiliser avec les menottes ferait frémir mon loup, mais je ne pouvais pas le libérer. Je ne pouvais pas me permettre de perdre le contrôle et d'enfoncer mes dents dans sa chair, d'y incruster mon odeur pour que tout le monde puisse sentir qu'elle m'appartenait maintenant.

Cela viendrait plus tard. Avec un peu de chance, avant la prochaine pleine lune, mais j'attendrais aussi longtemps qu'il le faudrait. Je suivrais cette femme aux quatre coins de la planète pour lui prouver que j'étais l'homme idéal pour elle. Que je ferais tout pour la rendre heureuse, la protéger et lui *donner du plaisir*.

J'avais l'intention de lui faire comprendre la dernière partie de ce message ce soir.

J'entrai dans ma chambre.

— *Oh la vache !*

Comme je lui avais ordonné de ma voix la plus autoritaire, Lyssa était allongée nue au milieu du lit, le jouet bruyant entre ses jambes, le visage rougi et les yeux brillants. L'odeur de son excitation remplissait la pièce et faillit faire descendre mes canines pour la marquer.

J'aspirai une grande bouffée d'air pour maîtriser mon loup.

Lyssa semblait à la fois sensuelle et nerveuse. Elle était à la fois coquine et mal à l'aise. Elle avait presque eu honte d'admettre qu'elle n'avait jamais utilisé de sex-toys auparavant. Mon loup n'en était que plus excité de savoir que nous serions les premiers à le faire avec elle. Nous allions découvrir ensemble ce qui l'excitait.

Le simple fait de savoir que ses premiers choix étaient les menottes, le plug et le vibromasseur était révélateur. Elle voulait être dominée. Elle voulait renoncer au contrôle. Elle voulait me laisser choisir, par exemple si je voulais ou non lui enfoncer un plug anal dans son joli petit trou vierge. Elle en avait envie, sinon elle ne l'aurait pas choisi. Mais elle voulait aussi que je la force à le prendre.

— Oh chérie, c'est tellement excitant.

J'avais l'intention de la féliciter pour la libérer de la gêne qu'elle ressentait.

— Regarde comme tu me fais bander.

J'avais laissé la serviette autour de ma taille, mais je baissais les yeux sur la tente que formait ma bite.

Elle fit glisser sa lèvre inférieure entre ses dents en la regardant.

Je me dirigeai vers le lit mais m'arrêtai au bout. Elle voulait être dominée. Elle m'avait demandé de la fesser. De lui passer les menottes. Cela signifiait que je devais lui donner des instructions.

Je lui fis un signe du doigt.

— Descends du lit et voyons si tu as bien suivi mes ordres.

Je remarquai l'excitation nerveuse dans son expression, elle était en partie inquiète, en partie excitée. Elle devait aimer faire plaisir, ce qui signifiait qu'elle voudrait bien faire les choses. Elle ne voulait pas entendre qu'elle avait fait quelque chose de mal, même si elle voulait cette fessée.

— Oh, hum...

Les yeux écarquillés, elle tâtonna avec le vibromasseur pour essayer de l'éteindre, puis elle descendit du lit et se précipita vers moi.

Je lui pris le jouet des mains, faisant glisser mes doigts sur les siens pour prolonger le contact et faire en sorte qu'elle se sente rassurée. Je ne pus m'empêcher de lécher son jus sur le vibromasseur avant de le déposer sur le lit à côté des autres jouets.

Putain, elle avait bon goût.

— Mets tes mains sur ta tête.

J'entendis son souffle court. Son regard était rivé au mien.

Je ne dis rien de plus, attendant qu'elle s'exécute. Son odeur avait une nuance d'anxiété qui rendait mon loup nerveux, mais je laissais faire. Cela faisait partie de l'excitation de la soumission. L'élément de danger–même s'il n'était que feint–amplifiait le plaisir.

Je pouvais voir que son pouls s'accélérait au niveau de sa gorge, mais ses gros mamelons bruns étaient durs et pointaient, et le parfum de son excitation m'emplissait les narines.

Timidement, elle leva les mains vers le sommet de sa tête. Ses seins lourds se soulevèrent et s'écartèrent avec le mouvement, comme une offrande pour ma bouche, qui avait envie d'y goûter.

— Bravo, tu es une gentille fille, lui dis-je en guise d'encouragement. Je ne l'avais toujours pas touchée, même si je pouvais voir dans son regard suppliant qu'elle voulait que je le fasse.

— Maintenant, écarte les jambes.

Elle émit un petit gémissement de désir, les yeux toujours rivés sur les miens, tandis qu'elle écartait ses pieds nus.

— C'est ça, ma chérie. C'est très bien. Maintenant, voyons à quel point tu es mouillée.

Je tendis la main entre ses jambes et la caressai.

— Est-ce que tu as fait du bon travail avec ce vibro-masseur ?

Elle frémit lorsque je la touchais, comme si c'était

presque trop dur à supporter. Son ventre se mit à frissonner par à-coups.

— *Oh !*

Je transformai cette syllabe en exclamation de plaisir lorsque je sentis sa cyprine qui coulait pratiquement entre mes doigts.

Nous étions seuls dans le dortoir. Personne d'autre ne vivait ici pour le moment, elle pouvait donc être aussi bruyante qu'elle le voulait. Et si quelqu'un l'entendait, je m'en fichais. Ils sauraient que ma compagne était satisfaite.

— Oui, tu as été sage, n'est-ce pas ? dis-je en continuant de glisser mes doigts en elle pendant que mon autre main vint se poser sur l'un de ses seins.

Avec mon pouce, j'effleurai son mamelon sensible.

Déstabilisées, ses mains quittèrent sa tête pour venir se poser sur mes épaules.

Je lui donnai une petite claque sur le sein.

— Non, non. Les mains sur la tête, ma belle.

Elle sursauta et ses mains revinrent sur le sommet de sa tête.

— Je veux que ton corps soit à ma disposition pour que je l'explore.

Son jus jaillit pratiquement entre ses jambes. Elle aimait ma façon de parler. Elle aimait être dominée. C'était bon à savoir. Je ne m'étais jamais considéré comme autoritaire ou dominateur, mais je trouvais naturel de m'occuper d'elle. Naturel maintenant de répondre aux besoins de ma compagne en tenant les rênes.

Je glissai un doigt vers le haut pour le passer sur son

clito, et elle se tortilla, déplaçant ses hanches de droite à gauche et gémissant.

— Qu'est-ce que tu préfères, mon doigt ou le vibro-masseur ?

— Ton doigt, répondit-elle immédiatement.

Mon loup poussa un grognement de satisfaction. Je n'aurais pas été vexé si elle avait dit le vibromasseur, mais j'aimais qu'elle préfère mes caresses.

Je remuai le doigt d'un mouvement rapide et oscillant. Elle laissa échapper un sanglot.

— Ohhh. J.

Putain, j'adorais entendre le surnom qu'elle m'avait donné. Je cessai de la toucher et portai mon doigt à ma bouche pour le sucer.

— Tu as tellement bon goût, chérie, dis-je quand je le retirai de ma bouche.

Je saisis les menottes en fourrure qui se trouvaient sur le lit.

— Tourne-toi, Lyssa.

Elle cligna des yeux. Il y eut un flottement dans son énergie. Je ne savais pas comment je pouvais le savoir, mais je le ressentis.

— Tu peux... tu peux juste m'appeler *chérie* quand on est au lit, dit-elle.

Euh... Elle n'aimait pas entendre son nom. Intéressant. Quelque chose à approfondir plus tard. Pour l'instant, je voulais la maintenir dans l'ambiance.

Je baissai mes paupières à moitié.

— Tourne-toi, chérie.

Elle s'exécuta immédiatement, se tournant vers le lit, les mains sur la tête.

Je lui pris un poignet, puis l'autre et, doucement, je les lui passai dans le dos.

— Tu aimes qu'on t'enlève tout contrôle, Ly- chérie ?

— Hum...

Je fis claquer l'une des menottes sur son poignet, puis passai mon doigt autour pour m'assurer qu'elle n'était pas trop serrée.

— Est-ce que ça t'aide à te laisser aller et à t'amuser ? lui demandai-je en refermant l'autre côté de la menotte.

Instinctivement, elle tira et vérifia le maintien.

— Oui, souffla-t-elle d'une voix empreinte de soulagement, comme si elle avait besoin que je lui donne une bonne raison avant d'accepter ce dont son corps avait envie.

Je posai mes mains sur sa taille et la déplaçai pour la mettre au milieu du lit. J'avais choisi une grande chambre spacieuse avec un grand lit, l'endroit idéal pour baiser ma compagne.

— Penche-toi, ma chérie.

Elle hésita.

Je lui donnai une tape sur les fesses, un peu plus fort que celle que je lui avais donnée avant ma douche, mais rien de brutal.

— C'était un ordre, ma belle.

Elle émit un petit rire haletant et se plia au niveau de la taille, au-dessus du lit.

Je gloussai et repoussai son torse jusqu'à ce qu'elle soit allongée sur le lit.

— Tête en bas, chérie.

Néanmoins, je me dis qu'avec la taille de sa poitrine, ce n'était peut-être pas la position la plus confortable. Je saisis un oreiller qui se trouvait à la tête du lit.

— Lève-toi un peu, lui ordonnai-je.

Elle obéit et je glissai l'oreiller sous sa poitrine. Maintenant, son visage n'était plus aussi écrasé contre le lit.

— C'est bien. Tu es à l'aise, chérie ?

— Oui.

Putain, elle était jolie comme ça. Je lui donnai une claque sur les fesses.

— C'est oui, monsieur, quand tu es menottée, ma belle.

Je regardai ses fesses se serrer l'une contre l'autre. Ses doigts se crispèrent.

— Oui, monsieur, haleta-t-elle.

— Mmm.

Je la récompensai en caressant son cul magnifique. Ma compagne était superbe.

— Tu te débrouilles très bien, chérie, lui lançai-je. Maintenant, écarte encore les jambes, bien large, pour que je puisse jouer avec cette jolie chatte.

Elle écarta les jambes et je les caressai à nouveau d'une main, tandis que mon autre main remontait le long de son dos et de son flanc, l'apaisant et la caressant. J'essayais de lui montrer à quel point je trouvais son corps splendide. Je pris le vibromasseur et le mis sur le réglage le plus bas. Au lieu de le glisser en elle, je le glissai sous elle, de façon à ce que son clito le chevauche.

Elle gémit et se pressa contre le vibromasseur, faisant gicler du lubrifiant sur les couvertures de mon lit.

Putain, je ne voulais pas que l'odeur de son excitation quitte cette pièce.

Je lui claquai les fesses, un peu plus fort qu'avant, et elle poussa un petit cri.

— C'est l'heure de la fessée, chérie. Tu as été une très gentille fille, alors je vais prendre mon temps et réchauffer lentement ton magnifique cul. Si tu as besoin d'une pause, tu dois simplement dire « *Arrêtez, s'il vous plaît, monsieur* » et je m'arrêterai. C'est compris ?

— Oui, monsieur.

Je lui caressais les fesses en y dessinant un cercle avec mes doigts.

— Bravo, tu es une très gentille fille.

18

EMMA

B<small>ON SANG</small>, des menottes !

Je n'avais jamais, au grand jamais, imaginé une telle scène. Moi... penchée sur un lit, les poignets menottés dans le dos. Je me faisais fesser pendant que je me frottais la chatte sur un vibromasseur. C'était... insensé. Incroyable.

Délicieux.

Le simple fait de consommer avec un cow-boy sexy apparu à ma porte avait en lui seul assouvi un fantasme. Et bien sûr, je savais que les gens utilisaient des sex-toys et jouaient dans la chambre à coucher, mais... waouh.

J'avais raté quelque chose.

Je n'aurais jamais imaginé pouvoir ressentir cela. Être aussi tremblante. Sexy. En manque et excitée.

Prête à exploser.

Johnny me tapa sur une fesse, puis sur l'autre, puis il me frotta pour faire disparaître la douleur. Il marqua une pause, comme s'il attendait de voir si j'allais me plaindre ou lui dire d'arrêter.

Je restai silencieuse. J'en voulais plus et remuai les fesses pour le lui faire comprendre.

Il poursuivit, répétant le même schéma : une claque de chaque côté, puis un petit massage. Au bout d'une demi-douzaine de fois, mes fesses étaient brûlantes et me picotaient.

Johnny s'arrêta pour frotter plus longtemps.

— Ta peau est bien rose maintenant, chérie. C'est tellement joli, bon sang.

J'adorais entendre à quel point je l'excitais. Je ne m'étais jamais sentie aussi sensuelle. Aussi désirable. Aussi belle.

C'était comme si le déficit de confiance en soi de toute une vie, dû au fait d'être la jumelle silencieuse et mièvre, s'effaçait à chaque fois qu'il me regardait. Chaque fois qu'il me félicitait. Chaque fois qu'il me disait « gentille fille ». Je n'avais jamais réalisé à quel point j'avais dû être en manque d'attention avant de le rencontrer.

Pas étonnant que je sois restée à trimer dans un travail éreintant sans la moindre reconnaissance. J'avais l'habitude d'être ignorée en matière d'attention. Même maintenant, avec nos parents, puisque Lyssa ne pouvait pas garder un emploi stable et semblait se mettre constamment en danger, elle aspirait toute leur attention. La fille tranquille et gentille n'avait pas besoin d'une attention particulière de la part de ses parents.

J'entendis le plastique se déchirer, puis Johnny m'écarta les fesses. Une goutte de quelque chose de froid y atterrit, juste au-dessus de mon anus.

Cette sensation me fit sursauter et je serrai les fesses.

— C'est l'heure de ton plug, ma belle.

Mon plug. Berk ! Mon anus se contracta à cette idée. Pourquoi l'avais-je choisi ?

Johnny gloussa.

— Ne t'inquiète pas. C'est un petit. Je vais mettre du lubrifiant dessus, pour qu'il glisse tout seul. On va t'entraîner pour que tu puisses prendre ma bite comme une gentille fille.

M'entraîner ! Oh !

Beurk !

Je sentis la pression de la tête arrondie en acier inoxydable du plug anal contre mon anus. J'inspirai et retins ma respiration.

— Expire lentement et longuement, chérie.

J'adorais la confiance que Johnny avait en lui-même. Il dégageait une impression de compétence pornographique. Le fait qu'il donnait l'impression de savoir ce qu'il faisait sans être arrogant était très excitant.

— Oui, monsieur.

Cela m'excitait de prononcer ces mots. Chaque fois que je les prononçais, ma chatte se resserrait. Je suivis ses instructions et expirai lentement.

Il appliqua une pression sur le plug.

Je serrai plus fort contre cette intrusion.

— Pousse pour que je puisse entrer. Essaie de me repousser.

Je pris une inspiration rapide, puis j'expirai à nouveau lentement et poussai. Dès que je m'exécutai, la tête du plug pénétra dans mon orifice. Je poussai encore plus fort tandis qu'il l'enfonçait en moi. Il y eut un bref moment où j'eus l'impression que c'était « trop », mais ensuite, le plug sembla trouver sa place.

C'était une sensation étrange de maintenir ce plug dans mon cul, le manche du plug serré par les muscles tendus.

— C'est ça, ma chérie. Tu te débrouilles très bien, me félicita Johnny, en caressant à nouveau mes fesses de sa paume rugueuse et cornée. Putain, si tu voyais comme c'est joli !

Je gémis, non pas parce que je ne me sentais pas bien, mais parce que j'étais plus qu'excitée maintenant. Je perdais la tête avec toutes ces sensations–la vibration sous mon clito, mes fesses en feu, et maintenant ce plug qui me remplissait.

— Je vais te donner une fessée sur ton joli cul avec le plug et ensuite je vais te baiser, chérie.

Je faillis jouir rien qu'en entendant ses promesses cochonnes. Comme s'il l'avait senti, il adopta un ton plus sévère.

— Ne jouis pas encore. Ne jouis pas tant que je ne t'en ai pas donné la permission, chérie. Tu comprends ?

Je hochai la tête dans les couvertures.

— Oui, monsieur.

— Gentille fille, dit-il en me donnant une claque très

forte en même temps. Le plug que j'avais dans le cul bougea, ce qui provoqua une vague de sensations dans tout mon corps.

Je poussai un cri.

Comment pouvais-je ne pas jouir ?

J'avais désespérément besoin de jouir.

Si désespérément que je ne pouvais pas le supporter.

— Pas encore. Ne jouis pas tant que je ne jouis pas, Lyssa, dit-il, oubliant que je ne voulais pas qu'on m'appelle ainsi au lit.

Si entendre le nom de ma sœur me donnait du courage en dehors du lit, je détestais l'entendre lorsque nous étions intimement connectés. Je voulais qu'il me félicite. Moi Emma. Pas Lyssa. Je ne voulais pas faire semblant quand nous faisions l'amour. Je voulais que ce soit réel.

Juste nous deux. Sans Lyssa dans la pièce.

Son faux pas était une bénédiction parce qu'il me permit de reprendre le contrôle, pour que je ne jouisse pas. J'allais pouvoir attendre qu'il m'en donne la permission. À nouveau, heu... Où avait-il appris à être si dominant ?

Non, je ne voulais pas le savoir non plus. Je détestais déjà toutes ses petites amies passées et futures. Je détestais toute personne qui détournait son attention de moi, Emma.

La jumelle qui rattrapait le temps perdu.

Johnny me fessa–plus rapidement cette fois-ci, sans pause pour frotter la douleur. Il me donnait des claques sur le cul, à droite et à gauche, encore et encore, et je me tortillais et criais. J'étais incroyablement excitée. Mon clitoris était à vif à cause du vibromasseur et mon cul était en feu. Le plug en mouvement me donnait une sensation de plénitude.

Finalement, Johnny s'arrêta et me frotta les fesses. Je perçus le froissement d'un autre sachet de plastique–ce devait être l'emballage d'un préservatif.

Il retira le vibromasseur et l'éteignit.

— Il est temps de passer aux choses sérieuses, ma chérie. Tu es prête à prendre ma bite ?

Il n'avait pas été comme ça la veille. Il était tellement autoritaire et dominant. Était-ce parce que nous étions chez lui et qu'il était plus à l'aise ? Était-ce parce que nous nous faisions suffisamment confiance pour passer à l'étape suivante ?

— Oui, gémis-je. Cela faisait au moins une heure que j'étais prête. Même avec le plug qui me remplissait le cul–*surtout* avec le plug qui me remplissait le cul–ma chatte se sentait vraiment vide.

Johnny poussa un grognement étrange, semblable à celui d'un animal, en frottant son gland dans mes replis.

Impatiente, gourmande, je reculai et il se glissa à l'intérieur.

— *Bon sang*, chérie. C'est tellement excitant. Tu es tellement mouillée pour moi.

— Oui, gémis-je.

Oh mon Dieu, j'avais besoin de jouir. Avec une intensité que je n'avais jamais ressentie auparavant.

— S'il te plaît.

Il me saisit par les hanches et s'enfonça jusqu'au fond,

son bassin heurtant le manche du plug et le faisant bouger en moi encore plus que la fessée ne l'avait fait.

Mes yeux se révulsaient dans ma tête. J'étais étourdie par la luxure. Je pleurais presque du désir de jouir.

— S'il te plaît.

Ses doigts se resserrèrent sur mes hanches. Je l'entendais aspirer son souffle entre ses dents, comme s'il essayait de se retenir.

Je ne voulais pas qu'il se retienne.

J'en voulais plus. Je voulais tout.

Il entrait et sortait lentement de ma chatte.

— Maintenant, Johnny. Plus. S'il te plaît.

Je le suppliais de façon incohérente. Il m'avait réduite à m'exprimer par des balbutiements.

Il grogna de nouveau et me pilonna plus fort.

Je criai lorsque son gland toucha le fond en moi. C'était trop. Mon anus se resserrait autour du manche du plug. Ma chatte se contractait autour de la base de sa bite. Je transpirais et haletais, mon cœur battait à tout rompre, même si j'étais immobilisée par mon amant dominant juste derrière moi.

— Oh mon Dieu, dis-je en pleurant presque.

— Putain, chérie. Putain, tu es si sexy quand tu me supplies comme ça.

Il me serra les hanches et continua ses va-et-vient.

Je creusai mon dos pour le prendre plus profondément. Gémissant et sanglotant d'impatience, la tête enfouie dans les couvertures.

— S'il te plaît, s'il te plaît, s'il te plaît, J. Johnny. J. J'ai besoin de jouir. J'en ai besoin maintenant, lançai-je en regardant par-dessus mon épaule, et ce que je vis n'avait aucun sens.

Mais encore une fois, j'étais folle de désir et impatiente de jouir.

Les yeux de Johnny semblaient briller d'une lueur ambrée, comme ceux d'un animal la nuit. Et j'aurais juré, pendant une seconde, qu'il avait semblé avoir des crocs.

— Prends-la, chérie, grogna-t-il. Prends ma bite bien tout entière. Prends ma bite avec ton plug dans le cul et tes fesses trop rouges.

— Oui, oui !

Il était trop tard, il fallait que je jouisse. Attendre sa permission était impossible.

Je hurlai, perdant le contrôle. Ma chatte se contracta autour de sa bite, provoquant des vagues de spasmes.

— Oh putain, chérie !

On aurait dit que Johnny avait lui aussi perdu le contrôle. Comme si mon orgasme l'avait fait jouir. Il me pénétra profondément, ses hanches s'entrechoquant contre les miennes, le souffle haletant et saccadé.

— Oh, mon Dieu. Oh merde. Waouh. Waouh... bon sang, scanda-t-il en continuant à me donner des coups de boutoir.

Je riais, sanglotais à moitié, la tête enfouie dans les couvertures.

— Oh mon Dieu, haletai-je. Je crois que je viens de mourir.

19

JOHNNY

Putain de merde. J'avais failli marquer Lyssa.

Mon loup avait été prêt à le faire. J'avais dû garder mes dents loin d'elle pour éviter de faire quelque chose que je regretterais.

Maintenant que le moment était passé, j'abaissai mon torse sur le sien et j'embrassai l'arrière et le côté de son cou.

— Tu as été incroyable. C'était totalement dingue.

Elle expira longuement et bruyamment.

J'étais probablement en train de l'écraser. Je me décollai d'elle et me retirai doucement. Puis je détachai les menottes à l'aide du système d'ouverture rapide.

— Je vais te donner de l'eau. Il faut que tu t'hydrates après tout ça, lui dis-je en retirant doucement le plug de son cul.

Puis, je la fis rouler dans mes bras et la guidai jusqu'en haut du lit.

— Tire les couvertures, ma chérie, lui dis-je.

Maintenant que j'avais pris l'habitude de donner des ordres, je ne pouvais plus m'arrêter. Je savais que mon comportement dominant excitait Lyssa, alors j'allais en profiter au maximum.

Elle tira les couvertures et je déposai délicatement ma précieuse cargaison sur le lit.

— Je reviens tout de suite, promis-je.

Je saisis le vibromasseur et le plug, puis les emmenai avec moi dans la salle de bains pour les nettoyer et les désinfecter plus tard. Pour l'instant, je les déposai dans le lavabo pendant que je me débarrassais de mon préservatif, que je me lavais les mains et que j'imbibais un gant de toilette d'eau tiède pour la nettoyer.

Je m'arrêtai ensuite dans la cuisine pour prendre un grand verre d'eau et retournai dans la chambre.

Lyssa était toujours là où je l'avais laissée, allongée sur le dos sur le lit, fixant le plafond d'un air hébété.

Je l'aidai à se redresser et lui tendis le verre. Elle en but la moitié, elle avait soif. Je finis le reste et posai le verre vide sur la table de nuit. Je fis rouler Lyssa sur le ventre et utilisai le gant de toilette entre ses jambes et ses fesses pour la nettoyer.

— Ça va ? lui demandai-je en remarquant que ses fesses étaient toujours rouges.

J'avais déjà joué un peu brutalement avec des femmes, mais elles avaient toutes été métamorphes. J'espérais que je n'avais pas été trop loin. Je me casserais moi-même la figure si je lui avais fait du mal.

— Je vais très bien.

Elle avait l'air rêveur, comme si elle était déjà en train de sombrer dans le sommeil.

Ou alors elle était tellement satisfaite qu'elle était aux anges.

Je jetai le gant de toilette dans mon panier à linge et grimpai à côté d'elle. Elle s'enroula contre moi et je passai mon bras autour de son corps.

— Tu crois au destin ?

— Au destin ?

— Oui. Tu crois que certaines choses sont vouées à se produire ?

Elle se figea.

J'entendis qu'elle retint sa respiration pendant un moment.

— Quelles choses ?

— Comme toi et moi. Se rencontrer comme nous l'avons fait. On s'est entendus dès le début. Comme si nous étions faits l'un pour l'autre. Tu le ressens aussi ? Ou est-ce que c'est juste moi ?

Lyssa tourna son visage pour se cacher dans mon épaule, et je sentis son ventre frémir.

— Est-ce que tu... dis ça pour plaisanter ?

Merde, je n'aurais pas dû parler du destin à une humaine. Elle ne connaissait pas le contexte. Ça avait l'air stupide.

Non, je sentais l'odeur salée de ses larmes.

— Tu pleures ? dis-je, soudain inquiet. Ma chérie, qu'est-ce qu'il y a ? Je t'ai fait mal ? Merde.

— Non, rétorqua-t-elle en riant et pleurant simultanément, puis elle leva tête. C'est... je ne sais pas ce que c'est. C'est juste la sensation de soulagement. C'était intense.

En effet, nous venions de faire l'amour avec une intensité folle, et ensuite j'avais commencé à parler du destin.

Quelle mauvaise idée.

— *C'est* intense, ajouta-t-elle doucement.

Oh.

C'était intense. Ce moment. Nous deux.

Je pris le côté de son visage dans ma paume et capturai son regard larmoyant.

— Je vais t'embrasser maintenant.

Je fis rouler nos corps pour qu'elle soit sous moi et pris un long moment pour l'embrasser profondément. Explorant sa bouche. Essayant d'exprimer avec ma langue et mes lèvres ce que j'avais du mal à dire avec ma voix.

Lorsque j'eus terminé, je relevai la tête et la regardai fixement. J'aurais voulu pouvoir lire dans ses pensées. Savoir à quel point elle était proche ou loin de m'accepter comme compagnon.

— Je crois au destin, dit-elle, me surprenant au plus haut point.

Ses yeux se remplirent à nouveau de larmes.

Une fois de plus, je fus pris d'inquiétude. Mon loup ne pouvait pas supporter ses larmes, pour quelque raison que ce soit.

— Pourquoi cela te fait-il pleurer ?

Elle secoua la tête.

— Je n'en sais rien. C'est comme si... comme si une porte qu'on m'avait toujours empêchée de franchir venait de s'ouvrir, et que je l'avais franchie.

Mes sourcils se froncèrent parce que je n'avais aucune idée de ce que cela signifiait.

— C'est une bonne chose, non ?

Elle rit et posa sa paume sur ma joue.

— C'est une bonne chose. Tout est si bon. Tu es tellement génial. Je... je passe le meilleur moment de ma vie.

Le meilleur moment de sa vie. Cela ressemblait à une aventure sauvage, pas à une destinée. Mais je l'acceptais pour l'instant.

Pour ce soir, c'était suffisant.

Demain, je pourrais travailler sur la notion d'éternité.

20

EMMA

Lorsqu'on entra dans le Cody's Saloon le lendemain soir, je regrettai de ne pas avoir pris une des paires de bottes de cow-boy de Lyssa qui se trouvaient dans ses vêtements au ranch Chapman. De toute évidence, elle n'allait pas en avoir besoin à Ibiza. Je portais une jupe en jean et un chemisier cintré, mais mes sandales n'allaient pas avec ma tenue.

Johnny ne m'avait pas beaucoup laissée m'éloigner de lui aujourd'hui, après nos ébats sauvages de la nuit dernière.

Même si nous étions venus à Wolf Ranch parce qu'il devait travailler, il avait dit que Rob et Wes, le contremaître du ranch que je n'avais pas encore rencontré, lui avaient donné quelques jours de congé pour passer du temps avec moi.

J'avais voulu protester, faire partie du décor et ne pas causer de vagues, mais je me souvins que j'étais Lyssa ici, et que Lyssa aimait être au centre de l'attention. Faire des vagues. Voir les gens changer leurs plans pour elle.

Alors j'en profitais. Je profitais de l'attention que Johnny me prodiguait.

Ne pas quitter le dortoir de la journée m'avait tout à fait convenu. Nous avions mangé (qui aurait cru que Johnny savait cuisiner une si bonne omelette) et fait la sieste, et nous avions beaucoup, beaucoup fait l'amour.

Je ne comptais plus le nombre d'orgasmes qu'il avait réussi à extirper de mon corps.

Et les endroits où nous l'avions fait en plus du lit. La douche. Le meuble de la salle de bains. Le plan de travail de la cuisine. Le canapé. L'autre canapé. Oh, et les murs. Contre beaucoup, beaucoup de murs.

En fin d'après-midi, j'étais un peu endolorie. D'accord, plutôt pas mal, mais de la meilleure façon qui soit. Quand Colton avait envoyé un texto à Johnny pour lui dire que tout le monde se rendait dans un bar appelé Cody's Saloon pour dîner et boire un verre après, nous avions accepté de nous joindre à eux. Mon vagin avait besoin d'une pause.

Nous étions en retard parce que lorsque Johnny m'avait vue avec cette jupe, il s'était mis à genoux, l'avait soulevée et m'avait léchée jusqu'à ce que je jouisse une fois de plus.

Je regardai le bar bondé. S'il y avait eu une image

typique d'un saloon de western, cela aurait été cet endroit. De la musique country, des boiseries, un mélange de têtes d'animaux montées et de néons pour les enseignes de bière, un bar lustré qui s'étendait sur tout un mur et un taureau mécanique. Je n'en avais jamais vu auparavant, sauf dans les films, et... waouh. Une femme le montait, les bras au-dessus de la tête, riant et hurlant en se balançant sur la selle.

Je ne pus m'empêcher de sourire.

Je souris et saluai de la main Marina, Colton, Rob et Willow. Ils tenaient compagnie à une foule d'autres couples et un grand nombre de personnes se trouvait également dans un coin.

— C'est tous les gens de Wolf Ranch.

Johnny m'escorta, la main posée sur le bas de mon dos. Était-ce moi, ou avait-il l'air *fier* de me montrer ?

Il tapa sur les épaules ou les poings de tous les gars qui se trouvaient là.

— Salut tout le monde. Je vous présente Lyssa, ma magnifique c–amie.

J'inclinai mon visage vers le sien.

— Qu'est-ce que tu allais dire ?

Je n'arrivais pas à trouver une description de moi qui commençait par un c.

Il me fit un sourire en coin.

— C... câline. Je peux dire que tu es câline et magnifique ?

Une sensation de chaleur me parcourut la poitrine. Une fois de plus, je ressentis l'envie de reculer et de rejeter l'attention, mais pourquoi l'aurais-je fait ? Au bout de deux jours, je savais qu'il avait l'étoffe d'un petit ami. Pourquoi n'aurais-je pas cru qu'il pouvait ressentir la même chose ? Pensais-je que je n'étais pas assez bien pour que quelqu'un tombe amoureux de moi si rapidement ?

Et puis zut. Lyssa savait qu'elle était unique. Je pouvais aussi incarner cette énergie, pour une fois.

— Lyssa, voici Boyd, le frère de Rob et de Colton, un champion international de rodéo, et sa femme Audrey. Elle est gynécologue-obstétricienne.

Je leur serrai la main à tous les deux.

— Enchantée de faire votre connaissance.

— Et voici Clint et sa femme, Becky. Ils ont laissé Lily, leur petite fille, à la maison. Elle n'est pas assez grande encore pour le taureau mécanique.

Je leur adressai un petit signe de tête et un signe du doigt, puisque la table était entre nous.

— Et voici Levi. C'est le shérif du coin, mais il travaillait au ranch avant. Sa femme, Charlie, est notre vétérinaire.

Comme ils étaient plus proches, je pus leur serrer la main en répétant leurs prénoms :

— Levi, Charlie. Clint et Becky...

— Il y aura un quiz plus tard, dit Charlie en plaisantant.

Johnny se tourna à nouveau vers moi.

— Voici Rand et Natalie. Natalie est propriétaire du ranch voisin de Wolf Ranch, et Rand a une entreprise de construction.

Rand, Natalie. Je tentai de réciter les noms dans ma tête, pour ne pas les oublier.

— Voici mon patron, Wes.

Johnny venait de me présenter un homme costaud, tatoué, avec des cheveux roux qui me tendait la main mais ne parlait pas. Comparé aux autres, il avait l'air grincheux.

— Je croyais que Rob était ton patron.

Mon Dieu, j'*essayais* de ne pas les confondre, mais j'étais déjà en train de m'embrouiller.

Johnny se pencha et murmura :

— C'est le chef. Et Wes est le contremaître. J'ai plusieurs patrons.

— Nous sommes comme une armée, avec une longue chaîne de commandement, dit Colton.

Johnny pointa son doigt vers lui et ajouta :

— C'était un béret vert, si tu ne l'avais pas deviné à sa coupe de cheveux.

Je ris. Les gars du Wolf Ranch et leurs chapeaux de cow-boy étaient tous grands et magnifiques.

— Viens t'asseoir avec nous, qu'on puisse parler entre filles. Becky tapota le tabouret vide à côté d'elle et les hommes nous laissèrent sur place et se dirigèrent vers le bar.

Johnny ne les suivit pas et me tendit le tabouret comme un gentleman.

— Qu'est-ce que je te prends, ma chérie ?

Sa main se posa de manière possessive sur ma hanche. J'aimais la façon dont il me revendiquait aux yeux de tous.

D'habitude, je m'en tenais à un seul verre, le même que je commandais depuis l'université, un cosmo. Mais je voulais m'intégrer, et j'étais aventureuse. Je lui adressai un sourire.

— Surprends-moi.

Il se pencha vers moi et m'embrassa à pleine bouche. Ce n'était pas un baiser rapide parce que nous étions en public, mais un baiser long et lent qui fit crier et applaudir tout le monde dans notre groupe.

J'émis un petit rire gêné lorsqu'il s'éloigna vers les autres hommes d'un pas assuré, comme s'il était satisfait d'avoir montré à tout le monde dans le bar à qui j'appartenais.

— Il y a de l'amour dans l'air, fit Marina en faisant un clin d'œil.

— Bon sang. D'habitude, il est si discret. Mon cerveau a du mal avec la mise à jour, dit Becky avant de se rapprocher et de chuchoter (mais pas si doucement que ça). Est-ce qu'il est sauvage au lit ?

Je souris. Elles me rappelaient Lyssa et la façon dont, au lycée et à l'université, elle me harcelait pour obtenir le moindre détail lorsque je sortais avec quelqu'un.

— Il est doué, dis-je.

Si Johnny allait m'embrasser en plein milieu du bar comme s'il partait à la guerre, alors il ne voyait pas d'inconvénient à ce que je leur dise la vérité.

— Mais vous connaissez tous Johnny mieux que moi. Racontez-moi un peu, leur demandai-je en me tortillant pour regarder par-dessus mon épaule.

J'apercevais son large dos au bar.

Bon sang, il était sexy. Je pourrais tomber amoureuse de ce type.

Sans aucun problème.

Sauf qu'il ne connaissait même pas la vraie moi. Il pensait que j'étais Lyssa. Il était en train de tomber amoureux de Lyssa. Que se passerait-il quand il découvrirait cette bonne vieille Emma sans intérêt ? Serait-il encore intéressé ?

— Il n'y a rien à dire et on dirait que tu le connais *vraiment* bien, dit Marina avec un grand sourire et un clin d'œil.

Je ris et sentis que je rougissais.

— Pas comme ça. Je veux dire... je veux dire avec des vêtements.

— C'est un gars bien. Il est digne de confiance, dit Becky. Et comme tous les gars de Wolf Ranch, il est très protecteur.

— Il est gentil.

— Fort.

— Intense.

— Attentionné.

Elles firent un tour de table et énoncèrent des adjectifs qui lui correspondaient vraiment. Avec ou sans ses vêtements.

— Il a l'air facile à vivre, mais il a un côté plus sombre. Enfin, je ne veux pas dire sombre, juste sérieux, ajouta Becky.

Son téléphone était posé sur la table, face vers le haut, et l'écran de verrouillage la montrait avec Clint et leur petite fille qui avait les mêmes grands yeux bleus qu'elle.

J'avais entrevu le côté plus sérieux de Johnny hier,

quand il m'avait raconté ce qui s'était passé avec sa sœur, mais je voulais savoir si cela allait plus loin que ça.

— Oh ? Comme quoi ?

Une nouvelle chanson commença à être diffusée, et Natalie poussa un grand cri de joie, comme tout le monde dans la salle.

— Il est proche de Clint, dit Becky, en haussant un peu la tonalité de sa voix.

— Ils sont amis depuis qu'il a emménagé ici. Ce qui lui est arrivé avant de venir ici, c'est à Johnny de te le raconter, mais je crois que ça l'a vraiment marqué. Derrière tous ces sourires ravageurs et ces muscles saillants, il est réservé.

Johnny ? Réservé ? Il semblait si spontané.

— Il m'a un peu parlé de ce qui était arrivé à sa sœur, lançai-je, me demandant si c'était bien ce qu'elle voulait dire.

Becky hocha la tête, ce qui signifiait qu'elle était également au courant. Les autres avaient l'air un peu perplexes mais ne firent pas de commentaires.

— Oui, ça l'a marqué. Il a un sens aigu de la justice. Il apprécie l'honnêteté. Il ne supporte pas les connards.

— Qui les supporte ? murmura Willow en levant le bras, un pichet vide à la main, pour faire signe à la serveuse d'en ramener un autre.

Il apprécie l'honnêteté. Que penserait-il s'il savait que je me faisais passer pour Lyssa ? Que je faisais semblant d'être spontanée ? À l'aise avec ma sexualité ? Sauvage et libre ?

Serait-il toujours intéressé ?

Une serveuse arriva avec un pichet de bière et un verre rempli d'une boisson jaune pâle.

— Du cidre d'ananas pour Lyssa ?

Je levai la main.

— C'est pour moi. Merci.

— On ne peut pas juste dire que Johnny a un côté sombre, Beck, dit Audrey en posant sa main sur l'avant-bras de son amie. Il protège ceux à qui il tient, c'est tout. Et on dirait qu'il a décidé qu'il tenait à Lyssa.

D'un seul bloc, nous pivotâmes toutes nos tabourets pour regarder du côté de Johnny. Il se tenait près du bar avec les autres gars. Tous regardaient leur femme spécifique et Johnny ? Il n'avait d'yeux que pour moi.

Moi.

Je ressentis cette chaleur, ce désir qui émanait de nous, même lorsque nous nous trouvions à l'autre bout de la pièce.

— Oh, mon Dieu. C'est torride, dit Willow.

— Heureusement que le dortoir est vide, ajouta Marina en riant.

Oui, c'était une bonne chose. Parce que quand j'allais dire à Johnny la vérité sur moi– que je ne m'appelais pas Lyssa et tout le reste–je ne voulais personne d'autre autour.

— Ooh ! cria Becky. Allez, c'est notre tour sur le taureau. J'ai mis tous nos noms sur la liste puisqu'aucune d'entre nous n'est enceinte. Lyssa, tu vas faire ça avec nous !

Tout le monde bondit comme si la table était en feu et se dirigea vers le taureau mécanique caché à l'arrière.

Non. Non. Pas question pour moi de monter sur ce truc
!

Les autres femmes n'avaient pas l'air de penser la même
chose. À en juger par leur excitation, elles trouvaient que
c'était amusant.

Amusant. Encore ce mot.

Étais-je seulement une poule mouillée ou avais-je vraiment peur ? Ce n'était pas un vrai taureau, et il y avait des
tapis épais autour de ce truc. Personne n'avait été blessé
jusqu'à présent.

*Lyssa le ferait. Elle aurait été la première à faire la queue et à
s'éclater comme une vraie cow-girl.*

Génial. Maintenant je devais le faire et en jupe ! Je pris
une grande respiration, suivis mes nouvelles amies et me
préparai à *m'amuser.*

21

JOHNNY

— Elle a l'air de bien s'intégrer.

Colton prit une bouteille de bière dans la longue rangée de bouteilles que Cody, le propriétaire et notre ami métamorphe, avait placée devant nous au bar. Il la porta à ses lèvres et en but une bonne gorgée.

Je grognai, peu ravi de ne pas être à ses côtés. Surtout après ce baiser. Je voulais être juste à côté d'elle. Ou mieux encore, avec elle sur mes genoux ou qu'elle soit pressée contre mon corps de quelque manière que ce soit. Mais Colton avait appris de Marina qu'une partie importante de la séduction des femmes humaines consistait à faire valider et approuver le gars par d'autres femmes. Alors je me tenais à l'écart, espérant que les femmes du Wolf Ranch parlaient en ma faveur.

Pourtant, ça me tuait. Le fait que nous étions à une nuit de la pleine lune ne faisait qu'empirer les choses.

J'avais réussi à contenir mon agressivité et mon besoin de la marquer en ayant ma compagne nue et sous moi toute la journée. Mais maintenant, elle était entourée d'autres mâles. Mon loup voulait détruire tous ceux qui la regardaient.

Tous les hommes de ce bar avaient les yeux rivés sur elle. Avec cette jupe, ces seins et ce doux sourire ? Il fallait que je dise à tous ces connards qu'elle était à moi.

— Ouais.

J'essayai de calmer mon loup. Et ma bite.

— Qu'est-ce qu'il y a ? me demanda Boyd en me tapant sur l'épaule. Tu te comportes comme Wes là-bas.

Il inclina la tête vers le contremaître, qui lui lança un regard noir, ce qui n'était pas nouveau.

Personne n'était affecté par son air mécontent, puisque c'était son expression habituelle. Ce type avait une gueule impressionnante de mec pas sympa, sauf quand il était question de sa fille, Remy.

— Non, tout va bien.

— Qu'as-tu appris de Lyssa à propos de Chapman ? demanda Rob.

Je fronçai les sourcils.

— Rien.

— Rien ? demanda Clint. Tu as essayé ?

— J'ai essayé, mais je ne veux pas la faire paniquer. Elle devient nerveuse quand je lui parle de son travail.

Je fis une pause, ne sachant pas si je devais en dire plus. Mais c'était mon alpha. Je devais le faire.

— Il y a quelque chose qui cloche.

— Qu'est-ce que tu veux dire ? demanda Rob en fronçant les sourcils.

Je haussai les épaules.

— Je n'en sais rien. Je pense juste qu'il y a quelque chose d'anormal. Je sais que je me répète mais je ne peux pas l'expliquer autrement. C'est juste une impression.

Clint et Rob se mirent tous deux en état d'alerte et jetèrent un coup d'œil vers Lyssa et les autres femmes. Marina avait grimpé la première, le taureau bougeait à l'un des rythmes les plus lents. Il n'y avait aucune chance qu'elle soit éjectée.

— Est-ce qu'on devrait s'intéresser davantage à elle ? On peut demander à l'informaticien du conseil d'enquêter sur elle, demanda Colton.

Non, grogna mon loup.

Je ne pouvais détacher mon regard de ma compagne, qui observait Marina en souriant. Est-ce que je voulais qu'elle fasse l'objet d'une enquête ? Qu'un hacker métamorphe vivant au fin fond de l'Arizona fouille dans son passé ? Je pris une grande gorgée de ma bière.

— Oui, dit Rob.

Merde.

Je n'étais vraiment pas pour. J'espérais qu'elle aurait suffisamment confiance en moi et en la relation que nous étions en train de construire pour s'ouvrir à moi. Pour tout partager. Le bon et le mauvais. J'espérais pouvoir partager mes bons et mes mauvais côtés aussi. Mais encore une fois, mes mauvais cotés étaient peut-être trop lourds pour être partagés.

Mais si Rob disait oui, cela voulait dire oui.

— Je m'en occupe, répondit Clint. Du coin de l'œil, il sortit son portable et commença à taper. En tant qu'homme de main à la retraite, il avait les informations sur ce type à portée de main.

— Je vais lui demander les antécédents de tous les employés du ranch de Chapman, pas seulement ceux de Lyssa.

— Bien, commenta Rob.

Mon loup grogna. Je n'aimais pas que quelqu'un s'intéresse à elle. Pas même mes propres compagnons de meute. Et certainement pas un métamorphe inconnu en Arizona. Mais ils avaient raison. Son patron était dangereux. Nous devions tout savoir sur elle et sur tous ceux qui travaillaient pour lui. Surtout si je devais le traquer et le livrer au Conseil.

— Elle ne sait pas que je suis un homme de main, dis-je à voix haute à personne en particulier.

Putain. Que se passerait-il si elle découvrait que je chassais et tuais pour vivre ? Une femme aussi adorable que Lyssa pouvait-elle rester avec quelqu'un d'aussi sinistre ?

Même si j'abandonnais la profession pour elle, cela ne changerait rien à ce que j'avais déjà fait.

À la violence en moi qui se manifestait lorsque je défendais quelqu'un. Ou quand je chassais un homme de main déviant comme celui qui avait battu sa femme quelques semaines plus tôt.

Cela ne changerait pas ce que j'étais : un tueur.

Marina resta en selle pendant les trente secondes que dura la course, puis descendit et fit un signe de la main à Becky, qui était la suivante.

— Bien sûr, elle n'est pas au courant. Jusqu'à ce que tu la marques, tu dois garder ça pour toi.

Les mots de Rob me firent jeter un coup d'œil dans sa direction. Je déglutis.

Putain. Il ne pensait pas qu'elle le prendrait bien non plus.

— Je ne devrais pas lui dire quand je vais lui expliquer ce qu'est un métamorphe ?

Il secoua la tête.

— Non. *Après* l'avoir marquée. Il faudra qu'elle soit au courant pour notre espèce, pour qu'elle comprenne que tu vas la mordre et pourquoi. Mais tes explications concernant ton rôle d'homme de main ne doivent venir que plus tard.

— Et si...

Je ravalai ma question.

Et si elle ne voulait plus être avec moi après l'avoir appris ?

Et si, comme ma meute et ma famille, elle ne me regardait plus de la même façon ?

Et si elle me rejetait ? Me bannissait ?

Rob haussa les sourcils.

— Peu importe, ajoutai-je en secouant la tête.

Mais son conseil me semblait erroné. Lui dire après

l'avoir marquée signifiait la piéger pour qu'elle devienne ma compagne. Ne pas être honnête. Cela allait à l'encontre de toutes mes convictions.

Becky ne fit pas long feu sur le taureau mécanique, car le rythme était beaucoup plus rapide. Elle tomba sur l'un des tapis en riant aux éclats. Même si elle n'était pas blessée, Clint ne resta pas immobile, il coupa à travers les clients pour s'élancer jusqu'à elle.

Lyssa était la suivante. Je la regardai s'approcher du taureau et le regarder avec la même expression que celle qu'arborent les hommes qui s'apprêtent à monter sur un vrai taureau. La peur et la méfiance.

Les femmes étaient alignées le long du muret qui séparait le bar principal de la zone des taureaux mécaniques. Elles riaient et encourageaient Lyssa, qui était maintenant installée sur le taureau.

Putain, sa jupe remontait le long de ses cuisses bien galbées.

Puis le taureau commença à bouger. Il allait si lentement qu'on aurait dit qu'il était cassé. Puis il prit un peu plus de vitesse, et elle essaya de bouger avec lui, mais ses mouvements étaient aussi maladroits que lorsqu'elle avait monté sur Chester hier.

Puis, une seconde plus tard, un sourire éclaira son visage, ses yeux s'illuminèrent d'excitation. Le taureau bougeait de plus en plus vite et son bras se leva en l'air pour l'aider à garder l'équilibre.

— Elle se débrouille bien, me dit Boyd à l'oreille.

Il avait été champion de rodéo, alors il connaissait bien le sujet. Elle se débrouillait vraiment bien.

En fait, on aurait dit qu'elle avait un don naturel et savait comment se soulever et s'abaisser, ses hanches chevauchant la selle de manière harmonieuse, avec ses jambes parfaitement écartées. Ses seins rebondissaient à chaque fois qu'elle se levait et s'abaissait.

Elle était sexy à souhait.

Mon loup se sentait hargneux et grogna parce que les femmes du Wolf Ranch n'étaient pas les seules à la regarder. Les hommes autour d'elle la reluquaient. Ils voyaient à quoi elle ressemblerait en cowgirl chevauchant une bite.

Sur le côté, un groupe d'hommes parlait d'elle. Ils la pointaient du doigt, lui souriaient, la lorgnaient. Et l'un d'eux faisait des mouvements de baise avec ses hanches pendant qu'il parlait à un autre. Puis ils se tapèrent dans la main.

Je grognai. J'allais les tuer. Tous.

Ils devaient être humains. Je ne les connaissais pas. Ils n'avaient jamais participé à une course organisée par la meute, que je sache. Si cela avait été le cas, comme elles étaient si proches d'elle, ils auraient reconnu Willow, auraient connu son rang dans la meute, et se seraient montrés plus respectueux à l'égard des autres femelles marquées.

La machine ralentit, puis s'arrêta, et Lyssa descendit sur le tapis, et resta debout, près du taureau, pendant qu'Audrey prenait une photo d'elle avec son portable.

L'homme qui voulait baiser ma compagne se rapprocha

de l'ouverture dans le mur pour qu'elle puisse passer. Il attendait, debout.

— Pas question, putain, marmonnai-je en me précipitant dans sa direction.

Mes mains se serrèrent pour former des poings. Mes yeux se rétrécirent et prirent probablement une teinte ambrée. Pour arriver jusqu'à lui, je bousculai les gens.

Le connard lui attrapa le bras et la plaqua contre le mur. Lyssa se défendit, et tout se passa comme si c'était Simi, une fois de plus. Mon champ de vision se rétrécit et devint un dôme, comme si je voyais à travers des yeux de loup. J'entendais un grondement dans mes oreilles.

Ce type allait lui faire du mal.

Il allait faire du mal à ma compagne.

Je devais l'en empêcher.

— Lâche-moi, dit Lyssa en essayant de repousser le type.

— Hé ! dit Willow qui venait d'attraper l'épaule du type.

Elle était à moitié métamorphe et pouvait balancer le type à travers la pièce si elle le voulait, mais je ne lui en donnai pas l'occasion.

Je repoussai un type en baskets et me servis de ma main sur le siège d'un tabouret de bar pour faire voltiger mon corps dans les airs.

— Ne la touche pas, putain, grognai-je en retombant et en écartant ce type de ma compagne. Mon poing heurta sa mâchoire et il ne se contenta pas de tomber, il s'envola.

J'avais utilisé la force d'un métamorphe sur un humain, ce qui constituait une violation flagrante des règles de mon espèce, mais je ne semblais pas pouvoir me retenir.

C'était comme lorsque Simi avait été attaquée, mais en pire. Les images de ma sœur allongée sur le sol, ses vêtements arrachés, luttant contre un homme deux fois plus grand qu'elle, défilèrent dans mon esprit.

Mais cette fois, c'était Lyssa qui était sur le sol de la forêt.

Les vêtements de Lyssa étaient arrachés.

Ce connard essayait de la violer.

Ce n'était pas suffisant que le gars ne soit plus sur elle. Je devais éliminer la menace.

Arrêter les battements de son cœur.

J'allais *l'achever*.

22

EMMA

JE SAVAIS qu'il viendrait me sauver.

Aucun homme n'avait jamais défendu mon honneur auparavant, mais à la seconde où ce type ivre m'avait bloqué le passage, j'avais su que Johnny se montrerait et arrangerait les choses.

Ce que je ne savais pas (mais dont j'aurais peut-être dû me douter) c'était à quel point il aurait l'air effrayant en le faisant. Il était comme fou. Ses yeux brillaient d'une lueur de folie, il montrait les dents, et il ne s'arrêta pas pour voir si j'allais bien après avoir jeté le type.

— Tu ne la touches pas, putain, grogna-t-il, même si le type était à trois mètres de moi maintenant. *Trois mètres.*

J'étais clouée sur place. Sonnée. Un peu paniquée, mais

j'essayais d'assimiler ce que je voyais. Johnny en train de devenir complètement fou.

Il poursuivait le type qui se débattait de l'autre côté de la barrière où se trouvait le taureau mécanique.

— Johnny, non ! *Arrête-le*, cria l'un des gars du ranch.

Ce fut ce qui me fis réagir. Ce qui me rappela son histoire avec sa sœur–combien il avait dit qu'il était allé trop loin. Je me souvins aussi du chagrin qu'il ressentait à cause de ce qu'il avait fait.

Je devais l'arrêter avant qu'il ne fasse quelque chose qu'il regretterait à nouveau. Je n'aimais pas qu'un type ivre me drague, me bouscule et ne comprenne pas le mot « *non* », mais j'étais dans un espace public. Les filles étaient là. Les gars de Wolf Ranch aussi. Cody, le propriétaire du bar, aussi. Il y avait toute une salle remplie d'hommes, qui n'étaient ni ivres ni agressifs, pour m'aider. J'aurais pu crier. J'avais été un peu en colère et un peu effrayée, mais je n'avais pas vraiment été en danger.

Sauf que Johnny n'avait pas l'air de le voir de cette façon.

Clint se fraya un chemin vers l'avant. Les autres gars du ranch étaient tous en train de faire de même à travers la foule croissante.

— Ça va ? Tu es blessée ? me demanda Willow en s'approchant de moi et en me scrutant attentivement.

Je secouai la tête et suivis Johnny, essayant moi aussi de me frayer un chemin à travers la foule agglutinée pour arriver jusqu'à lui.

Est-ce qu'il allait y avoir une bagarre ? Les amis du type

ivre criaient maintenant, et l'un d'eux donna un coup de poing à Johnny. J'aurais pu jurer que l'impact avait rebondi sur ses abdominaux musclés, comme s'il n'avait rien senti. Il continua à se diriger vers mon agresseur. Celui-ci s'était relevé du sol, mais il titubait, comme s'il ne savait pas ce qui s'était passé.

Johnny bondit dans les airs–*à plus d'un mètre cinquante*– et le plaqua à nouveau. Ils tombèrent tous les deux sur le sol en roulant.

Colton et Clint les rattrapèrent enfin. Johnny ramena son bras en arrière pour frapper le type, mais avant qu'il ne puisse le faire, ses amis le retinrent.

— Ramenez-le. Sortez-le d'ici, dit Rob d'un ton sec. Il était juste derrière les autres gars.

Je n'aimais pas la façon dont ils forçaient Johnny. Je savais qu'ils étaient ses amis et qu'ils le faisaient pour son bien, mais je n'aimais pas qu'il ait à lutter contre leur emprise.

— Il l'a blessée, grogna Johnny. Il allait...

Je me jetai devant lui, les mains posées sur son torse musclé.

— Je vais bien.

J'essayai de croiser son regard. Ses yeux avaient une expression sauvage, ses iris brillaient d'un éclat presque jaune au lieu de brun, et il avait les dents serrées.

— *Johnny*, répétai-je, cette fois avec plus de force.

Son regard se porta sur le mien.

J'attrapai son visage et le tins entre mes paumes. Sa peau était chaude. Transpirante.

— Johnny, je ne suis pas blessée. Tu l'as arrêté. C'est bon.

Il se figea.

— Lyssa ?

Je n'avais jamais autant détesté entendre le nom de ma sœur sur ses lèvres. Je voulais vraiment que ce soit moi qu'il regarde avec un mélange de désespoir et de soulagement.

— Tu as perdu la tête, mon garçon. Tu viens de causer un tas de problèmes, dit Rob d'un ton sévère. Au lieu de t'occuper de ta c—femme, tu as cherché à faire couler le sang.

Je voulais dire à Rob de se taire. D'arrêter de faire la morale à Johnny.

Mais ce n'était pas grave parce que Johnny n'avait d'yeux que pour moi.

— Putain, Lyssa. Je suis désolé.

Ses amis le relâchèrent, réalisant sans doute qu'il reprenait le contrôle. Au-delà du cercle étroit qu'ils formaient, le gars ivre et ses amis essayaient toujours de chercher la bagarre, mais les gars du Wolf Ranch les ignoraient.

Johnny me prit dans ses bras et me porta comme une mariée.

— Ouais, sors-la d'ici, dit Rob.

Johnny était déjà en train de bouger, comme s'il avait besoin de me sortir de là avant que l'endroit n'explose.

— Lyssa... J'ai encore perdu le contrôle. Je t'ai laissée plantée là.

— Tu me tiens maintenant, murmurai-je.

La foule s'ouvrit pour nous, chuchotant et nous observant. Certains tapèrent dans le dos de Johnny, d'autres l'appelèrent « *enfoiré* » ou d'autres insultes. Il les ignora tous et me porta à l'extérieur, directement vers son pickup. Là, il me déposa près de la portière du passager.

— Lyssa...

Il passa ses mains le long de mes bras, puis prit celui que le type avait saisi et examina les marques de doigts qu'il avait laissées.

Son visage prit à nouveau un air meurtrier et un grognement inquiétant s'échappa de sa gorge.

— Je vais bien, lui dis-je fermement.

Des amis du type ivre déboulèrent par la porte d'entrée en criant après nous.

— On va te tuer pour ça ! hurla l'un d'entre eux.

Mon cœur battait la chamade, mais je veillais à ne pas montrer ma peur. Je ne voulais pas que Johnny se batte à nouveau pour moi.

— Ramène-moi à la maison, le suppliai-je, ne voulant rien d'autre que de partir d'ici.

Il jeta un coup d'œil par-dessus son épaule en direction des crétins qui s'approchaient, en fronçant les sourcils.

Willow était sortie, suivie des gars du Wolf Ranch, et était en train de faire taire l'autre bande de types.

— Ça suffit, les gars. Il est temps que tout le monde rentre chez soi, dit-elle d'une voix calme et autoritaire.

Johnny me regarda. Son expression était marquée par la douleur. Ses yeux semblaient hantés.

— Tu ne veux pas dire ta maison, n'est-ce pas ?

Oh mon Dieu. Je me souvenais qu'il avait été mis à la

porte après avoir sauvé sa sœur. Pensait-il que je voulais le quitter ? Rompre avec lui ?

Et waouh, est-ce que je considérais déjà que c'était une relation qui pouvait être rompue ?

Oui, je supposais que c'est le cas. Au cours des dernières vingt-quatre heures, nous étions passés de *l'aventure à l'éternité.*

Des voix s'élevaient encore derrière nous. Je voulais partir d'ici avant qu'il ne se passe autre chose. Il fallait désamorcer la situation. Calmer Johnny. Lui faire comprendre que j'allais bien. Qu'il s'était agi d'un crétin ivre qui s'était comporté de manière stupide. Rien de plus.

— Je veux dire rentrer à Wolf Ranch. Avec toi, précisai-je, en essayant de prendre un air sérieux, pour qu'il sache que c'était la vérité.

Après tous les mensonges, je disais la seule chose que je croyais au plus profond de mon... cœur.

— Je veux être avec toi.

Il resta là, figé, alors que les voix se rapprochaient. Il expira lentement. Son visage se plissa, la douleur gravant des lignes sévères sur sa peau.

— Vraiment ?

Je hochai la tête.

Son regard se posa sur moi, mais pas de manière aussi passionnée que tout à l'heure.

— Tu vas bien ? Je veux dire... pas à cause de ce qu'il a fait, mais...

Willow et Rob venaient de s'interposer entre nous et les copains de l'ivrogne.

— Montons dans ton pickup, Johnny, insistai-je.

Il cligna des yeux, semblant réaliser ce qui se passait derrière lui.

— Oui, d'accord.

Il ouvrit ma porte et me souleva à l'intérieur, prenant le temps d'attacher ma ceinture de sécurité.

Je m'attendis au pire lorsqu'il ferma ma porte pour faire le tour du véhicule, mais il ne jeta même pas un coup d'œil à la racaille. Je le regardai dans le rétroviseur arrière, il fit le tour de la camionnette, les yeux baissés, le regard au sol comme s'il était sérieusement en train de réfléchir.

Il ferma sa porte et démarra la camionnette. Lorsque nous nous retrouvâmes sur la route à une voie, il se mit à parler :

— Tu n'es pas choquée par ce que... tu as vu ? Par la façon dont j'ai réagi ?

Je saisis sa main et enroulai mes doigts autour des siens, les posant sur ma cuisse.

— Je n'ai pas peur de toi, lui répondis-je.

Il fronça les sourcils en regardant la route devant nous, l'air toujours préoccupé.

— J'aurais pu aller trop loin ce soir encore. Putain ! ajouta-t-il en frappant le tableau de bord du plat de la main.

Je sursautai mais restai calme. Il ne me ferait pas de mal.

— Mais tu ne l'as pas fait. Tout va bien.

Il me jeta un coup d'œil puis regarda à nouveau la route.

— Tu ne vas pas... vouloir arrêter avec moi ? Sa voix se cassa légèrement sur le mot « *vouloir arrêter* ».

— Je ne vais pas vouloir arrêter.

Ma voix était grave et calme. Comme un serment solennel. Je repris sa main et serrai ses doigts, pour qu'il se souvienne de notre lien. Je ne pouvais pas monter sur ses genoux et le rassurer pendant qu'il conduisait, alors c'était tout ce que je pouvais faire.

Johnny cligna rapidement des yeux et sa poitrine se remplit soudainement d'air, qu'il retint un instant avant de le laisser s'échapper lentement.

— Putain, Lyssa. Je suis désolé d'avoir gâché notre soirée.

Est-ce que je me trompais en ne pensant pas qu'elle avait été gâchée ? Je ne voulais pas le féliciter ou le remercier d'être devenu violent, parce qu'il semblait vraiment avoir un problème, mais je n'aurais renoncé à ce moment pour rien au monde.

Cette complicité. Cette mise à nu d'un cœur à un autre.

Il fallait que je lui demande.

— Johnny, quand tu as dit que tu étais allé trop loin la dernière fois...

Les phares d'une voiture arrivant en sens inverse projetaient une lumière crue sur son visage, et je pus voir que le rapide coup d'œil qu'il me lança était à nouveau rempli d'inquiétude. Oh, merde.

Il avait blessé la personne qui avait attaqué sa sœur. Vu la façon dont il me regardait, c'était probablement même pire que ça.

Mon cœur sombra. C'était aussi grave que je l'avais soupçonné. Pouvais-je vivre avec quelqu'un comme ça ? Un homme qui ne connaissait pas sa propre force alors qu'il protégeait quelqu'un qu'il aimait ?

Oui, je le pouvais.

À cause de ses regrets. Parce qu'il avait montré sa capacité à changer et son désir de se soigner.

— Est-ce qu'il est mort ? me forçai-je à demander. Parce que peut-être que ça l'aiderait à évacuer son traumatisme simplement en l'extériorisant. Pas en restant accroupi derrière une porte comme un monstre.

— Oui, dit Johnny d'une voix rauque. Il a presque violé ma sœur. Il l'a attaquée. Il lui a arraché ses vêtements avant que je ne l'atteigne. Je ne voulais pas le tuer, mais il a voulu se battre et il ne s'est pas retenu. Je n'allais pas le laisser partir vu ce qu'il lui avait fait, mais la situation s'est transformée en un combat où c'était lui ou moi.

Je hochai la tête et lui serrai la main. Je ne pouvais qu'imaginer comment cela s'était passé.

— Je t'aime.

Je n'avais pas eu l'intention de le dire. Ce n'était même pas le moment. Mais ces mots étaient sortis tout seuls. Cela avait été la seule réponse que j'avais trouvée pour exprimer l'énormité de ce qu'il venait de partager avec moi.

Ce que j'avais voulu dire, c'était :

Je suis ici avec toi.

Je comprends ce que tu ressens.

Je ne te juge pas.

Je ne te rejetterai pas.

— C'est vrai ?

Cette phrase sortit de la bouche de Johnny, d'une manière explosive, et lorsqu'il se retourna, ses yeux étaient à nouveau brillants, luisant d'une couleur jaune-orange dans l'obscurité.

— Je veux dire, je ne voulais pas...

— Ne t'avise pas de revenir en arrière.

Je laissai échapper un rire soulagé.

— D'accord. Je ne reviendrai pas sur mes mots, alors.

Mon Dieu, mon cœur était si plein que ma poitrine avait du mal à le contenir.

— C'est juste... rapide. Trop rapide, peut être.

— Ne reviens pas en arrière. Je sais que, comme tu l'as dit, ça semble rapide, mais Lyssa, j'ai ressenti quelque chose de spécial au moment où je t'ai rencontrée. J'ai su que tu étais la bonne personne pour moi. Est-ce que tu peux le croire ?

J'inspirais difficilement. Mes yeux se remplirent de larmes.

Je n'avais jamais imaginé que quelqu'un puisse dire que j'étais la *bonne personne*.

Toute ma vie, j'avais été *l'autre* jumelle.

Johnny me voulait. Moi, Emma.

Du moins, je pensais qu'il me voulait, moi.

Et si ce qu'il voulait vraiment, c'était cette version de Lyssa que j'avais incarnée ? Pas du tout la vraie moi. Et s'il était déçu quand il découvrait que j'étais la vieille Emma sans intérêt ? Une personne pas du tout intéressante ?

Je chassai ces pensées de mon esprit et croisai le regard de Johnny.

— Je te crois, murmurai-je, parce que c'était presque vrai.

Je voulais que ce soit vrai.

C'était suffisant, non ?

23

JOHNNY

Bon sang. J'avais raté tellement de choses dans la vie avant Lyssa. Avant qu'elle ne me dise qu'elle m'aimait. Maintenant, je me sentais... comblé. Mon loup était heureux. Sauf que mon loup et moi avions du mal à garder le contrôle. Ce qui s'était passé avec ce connard chez Cody en était la preuve. Je voulais la mordre. La marquer. La faire mienne.

Après notre retour au dortoir, je n'avais même pas aidé Lyssa à sortir de la camionnette avant de la pénétrer. J'avais détaché sa ceinture de sécurité, je l'avais sortie, je l'avais retournée, j'avais relevé sa jupe et je l'avais baisée.

Brutalement.

Profondément.

Je lui avais fait oublier l'existence de ce type. Je lui avais fait comprendre qu'elle était à moi. J'avais été temporairement apaisé quand–et seulement quand–je m'étais retiré et avais fait gicler mon sperme sur son cul de rêve, et l'avais étalé sur sa peau. Je ne l'avais pas laissée se doucher ou se nettoyer. Je voulais sentir mon odeur sur elle.

Cela avait apaisé mon loup, qui voulait absolument la marquer.

Ce matin, nous avions fait la grasse matinée, puis je l'avais emmenée faire une randonnée spectaculaire jusqu'à un lac de montagne où nous avions pique-niqué. Nous étions rentrés, avions pris une longue douche ensemble et avions prévu de nous glisser dans le lit pour une sieste, puisque je l'avais gardée éveillée trop tard la nuit dernière à crier mon nom.

Le téléphone de Lyssa sonna. Je jetai subrepticement un coup d'œil à l'écran pour voir s'il s'agissait de Chapman, mais l'écran affichait *Stan*.

Mon loup grogna à la vue du nom d'un homme. Putain, la pleine lune me rendait possessif comme pas possible.

— C'est mon ancien patron.

Elle me regarda comme si je pouvais la conseiller sur quelque chose. Comme si elle était tiraillée.

— Qu'est-ce qu'il veut ?

— Je crois qu'il veut que je revienne.

Elle déglutit et glissa son doigt vers la droite pour répondre. Au même moment, on frappa à la porte du dortoir.

Merde. *Il voulait qu'elle revienne ?*

En ouvrant la porte, je me trouvai face à Rob.

J'avais su que ça arriverait. Je m'y étais attendu, et plus

la journée s'était écoulée sans qu'il me donne de nouvelles, plus j'avais commencé à redouter cette rencontre.

— Tu as le temps de parler ?

Les pouces de Rob étaient enfoncés dans les poches avant de son jean, et bien qu'il ait l'air décontracté, il ne l'était pas. D'ailleurs, sa question n'en était pas une.

Il voulait parler, et le moment était venu.

Je jetai un coup d'œil derrière moi et vis Lyssa au téléphone.

— Bien sûr, dis-je. Laisse-moi juste prendre une chemise.

Je n'avais que mon jean après notre douche. Je ne l'avais même pas boutonné.

Une fois habillé, je sortis et refermai la porte derrière moi.

Nous marchâmes quelques minutes en direction de la grange, à l'abri des oreilles de Lyssa.

— Je suis désolé pour hier soir, Alpha. Je sais que j'ai perdu le contrôle, dis-je en m'arrêtant au milieu de la clairière.

Rob s'arrêta lui aussi et se retourna.

— C'est sûr que tu as perdu le contrôle. Tu aurais pu tuer ce type avec ton premier coup de poing.

— Je sais.

— Tu as de la chance de ne pas lui avoir brisé le cou.

Il y avait dans sa voix un ordre alpha qui me frappa en pleine poitrine, immobilisant pratiquement mon corps. C'était bien pire que s'il avait crié.

Je me passai la main sur le visage, la honte m'envahissant. Putain de merde. Et si Rob décidait que j'étais un boulet pour la meute ? Et si je me faisais virer de la meute de Wolf Ranch, comme cela m'était arrivé une fois déjà ?

Un sentiment d'effroi m'envahit comme des vagues glacées.

— Je sais, Alpha. Je suis désolé.

Miraculeusement, Rob se calma. Peut-être avait-il vu la panique dans mon expression, car il posa une main sur mon épaule et son ton changea.

— Ce n'est pas grave, petit. La lune était presque pleine et il touchait ta compagne non marquée. Ton loup s'est protégé.

Merci, putain. Il ne me mettait pas dehors.

— Ça aurait pu arriver à n'importe lequel d'entre nous.

Je baissai la tête, me sentant soulagé.

— Bordel. Merci de me dire ça. Je veux seulement être un atout pour cette meute. Je...

Il me serra l'épaule et la relâcha.

— C'est ce que tu es.

— Comment ça se passe avec Lyssa, sans parler de la bagarre d'hier soir ?

— C'est parfait. Elle ne s'est pas enfuie après la nuit dernière. Aussi fou que cela puisse paraître, je pense que ça nous a rapprochés.

— Bien. Alors marque-la.

Je secouai la tête.

— Pas encore. Elle n'est pas prête. Cela ne fait même pas deux jours que je la connais, lui rappelai-je.

Il hocha la tête, réfléchissant.

— J'ai eu des nouvelles de notre hacker en Arizona. Il a vérifié l'identité de Lyssa. J'ai le rapport sur mon bureau. L'âge, les antécédents, la photo correspondent. Il n'y a rien de suspect.

Je savais qu'elle n'avait pas menti, mais j'étais quand même soulagé. Peut-être parce que cela permettrait à Rob de s'enlever de la tête qu'elle était une menace potentielle. Mais je ne le dis pas à voix haute.

Il me regarda attentivement.

— Qu'est-ce qu'elle t'a appris sur Chapman ?

J'expirai.

— Rien de nouveau. Ce qui ne signifie rien.

— Elle l'a appelé ?

— Oui, hier. Il n'a pas répondu.

Sur le moment, j'avais été soulagé. Mais maintenant ? Putain. Alors qu'il m'avait donné deux jours, je sentais le poids du monde peser sur mes épaules. Chapman n'était pas moins coupable parce que j'avais trouvé ma compagne. Le fait que je prenne des congés n'aidait pas à l'attraper et à mettre fin à son trafic.

La pression d'être avec ma compagne, combinée à ce nouveau travail, était énorme. Tout comme le fait d'être poussé à marquer une humaine qui, bien qu'elle m'ait dit qu'elle m'aimait, était... nerveuse. Comment pouvais-je lui parler des métamorphes, du marquage et du fait d'être à moi pour toujours alors qu'elle risquait de partir ?

— Il faut que tu lui extirpes des informations.

— Qu'est-ce que tu veux que je lui demande ? Elle ne l'a pas vu depuis des semaines. Elle ne sait pas où il est.

— Demande-lui de l'appeler à nouveau.

— Nous en avions parlé. Je l'admets, je l'ai distraite.

— Elle peut lui laisser un message disant que le broyeur d'ordures est défectueux ou que la machine à glaçons a fui et a abîmé le plancher. Quelque chose comme ça. Peu importe. Il faut qu'elle l'appelle et qu'elle lui demande où il est et quand il retournera à son ranch.

Je ne voulais pas que Lyssa soit mêlée à quoi que ce soit en rapport avec Chapman. Le simple fait de savoir qu'elle est une de ses employées, qu'elle avait vécu seule chez lui, me mettait hors de moi. Je commençai à faire les cent pas. Puis me mis à me tirer les cheveux.

— Écoute. Tu dois faire attention à elle ce soir. Tu devrais probablement venir avec nous pour la course de la pleine lune afin de te défouler. Sinon, ton loup pourrait essayer de la marquer sans que tu le veuilles. Vu la façon dont tu as agi hier soir, je ne suis pas sûr que tu puisses te contrôler.

Je hochai respectueusement la tête, mais il était hors de question que je laisse Lyssa seule ici, ou même avec les autres femmes ce soir. Nous venions juste de nous rencontrer. Elle n'allait pas rester dans les parages si je la laissais tomber ce soir, même si j'étais son cowboy sexy. Je ne voulais surtout pas qu'elle retourne au ranch de Chapman, où elle risquait d'être en danger, alors que j'étais parti courir avec mes compagnons de meute.

Néanmoins, pour qu'il me lâche la grappe, je marmonnai :

— Oui, Alpha

Rob inclina son chapeau et se dirigea vers la grange. Je tournai les talons et retournai au dortoir.

Lyssa était dans la cuisine en train de faire du café. J'aurais dû être désolé qu'elle soit suffisamment fatiguée pour boire une tasse si tard dans la journée, mais le souvenir d'avoir gardée éveillée cette femme–qui disait m'aimer– pour la baiser encore et encore, me fit bander à nouveau.

— Salut, ma belle, murmurai-je. Tu n'as pas besoin de café. On avait prévu de faire une sieste, tu te souviens ?

Elle regarda par-dessus son épaule depuis l'endroit où elle était en train de mesurer le café. Ses cheveux étaient longs et ébouriffés dans son dos.

Je l'adorais.

— Oh, oui. Ça me semble être une bonne idée.

— Comment s'est passé ton appel ?

Elle pencha la tête d'avant en arrière.

— Il m'a proposé le nouveau poste dont il m'a parlé hier par message.

Je tentai de rester calme, mais mon loup n'était pas content.

— C'était le poste à Hollywood où tu faisais des effets spéciaux ? Celui que tu as quitté il y a quelques mois ?

Elle hésita, juste une fraction de seconde.

Qu'est-ce qu'elle ne voulait pas me dire ?

— Oui. C'était... dingue.

Laissant de côté la cafetière, elle se retourna pour me faire face. Après notre douche, elle s'était habillée, mais à peine. Elle avait enfilé un de mes t-shirts et ne portait clairement pas de soutien-gorge. Ni de short.

J'étais distrait par ses petits tétons qui pointaient et me demandais si elle portait une culotte.

Je lui fis un signe du doigt et, comme une gentille fille, elle vint à moi. Je la pris dans mes bras et posai mes mains sur ses fesses.

Putain oui, pas de culotte.

— Qu'est-ce qui s'est passé il y a une seconde, ma chérie ? demandai-je en essayant de rester concentré. Son odeur et ses fesses nues me faisaient bander bien fort.

Je la soulevai dans mes bras. En poussant un cri, elle enroula ses bras autour de mon cou. On s'installa sur le canapé pour parler. Elle était sur mes genoux, de côté.

— Parle-moi de ton patron. Pourquoi ce travail était-il dingue ?

Elle soupira.

— Je travaillais quatre-vingts heures par semaine et ce que je produisais n'était jamais assez bon. Je n'avais pas de vie en dehors de mon travail, ce qui ne me dérangeait pas, parce que j'aimais vraiment mon travail quand j'ai commencé, mais j'ai fini par le détester.

— Pourquoi ?

Elle soupira et secoua la tête.

— Hollywood est dingue. C'était un environnement de travail toxique, c'est sûr. Tout est fait en équipe, et il y a beaucoup trop de monde impliqué. Il y a des producteurs, des réalisateurs, des managers, des acteurs, des designers, et chacun d'entre eux te donne des directives complètement différentes. Ils demandent quelque chose, mais ils ne savent pas vraiment ce qu'ils veulent, alors ils ne sont jamais satisfaits de ce que tu leur donnes. Et mon patron me rendait toujours responsable de ce qui se passait.

Je resserrai mon emprise sur elle. Je voulais des noms. Tous ceux qui avaient fait en sorte que ma compagne ne se sente pas bien avaient besoin qu'on leur parle.

— Ça devait être l'enfer.

Elle acquiesça.

— Oui. Alors j'ai démissionné. Je suis partie, ce qui ne me ressemble pas du tout. Et c'est comme ça que j'ai fini dans le Montana.

— À travailler pour Chapman. Comment as-tu eu ce travail ?

— Hum...

Était-elle en train de retenir sa respiration ?

— C'est ma sœur qui m'a mis sur le coup. Dieu seul sait comment elle a connu Chapman. Elle est du genre à rencontrer des gens et à tisser des liens partout où elle va.

Je souris.

— Elle a l'air cool.

Pour une raison inconnue, Lyssa ne répondit pas. Elle prit même une petite odeur aigrelette.

— Mais elle est loin d'être aussi cool que toi, dis-je en essayant de réparer ce que j'avais fait de mal.

Elle émit un rire ironique et baissa les yeux.

— Je ne suis pas celle qui est cool.

— Quoi ?

Je la pris par la taille et la réinstallai sur mes genoux, de façon à ce qu'elle soit à califourchon sur moi et face à moi.

Elle examinait ma clavicule.

— Tu penses que tu n'es pas fun ?

Elle haussa les épaules.

— Je ne le suis pas comparée à ma sœur.

Je m'esclaffai.

— Crois-moi, Lyssa chérie. Tu es cool. Je me suis plus amusé avec toi ces deux derniers jours que dans tout le reste de ma vie.

Cela lui arracha un sourire et son regard noir se porta sur le mien.

— Oui, moi aussi.

— Alors, tu as dit à ton patron d'aller se faire voir ? Qu'est-ce qu'il a dit ?

— Il a été recruté pour faire les effets d'un nouveau film et il veut que je sois de la partie. Je lui ai dit non. Il m'a dit d'y réfléchir et m'a proposé trois fois plus que ce que je gagnais avant.

Mon cœur cessa de battre pendant un instant. Oui, j'étais fier d'elle qu'elle soit autant convoitée, mais *je la voulais pour moi*. Ma compagne allait peut-être quitter le Montana.

— Waouh. Tu vas y réfléchir ?

Je tentai de garder un ton neutre.

J'avais envie de dire « *et ton travail au ranch ?* » Mais je m'arrêtai. Ce travail était déjà terminé. Chapman serait bientôt mort et elle viendrait s'installer ici.

Sauf que maintenant, elle avait cette super offre d'emploi...

Putain. Je ne voulais pas qu'elle retourne à L.A. Mais un bon petit ami soutiendrait son choix de carrière. Un bon petit ami tuerait ou mourrait pour faire en sorte qu'elle soit heureuse. Ce qui signifiait que je devrais peut-être trouver un travail à Hollywood. Peut-être comme cascadeur, puisque j'étais presque indestructible.

Elle hésita seulement un instant.

— Un bon salaire ne change rien à un environnement de travail épouvantable.

Je laissai sortir le souffle que j'avais retenu.

— C'est bien. Parce que tu vas être très occupée ici dans un avenir proche, dis-je en lui mordillant le cou. Peut-être même menottée.

— Hum, vraiment ?

Sa voix avait pris un timbre sulfureux qui allait directement à ma bite.

C'était le bon moment. Officiellement l'heure de la sieste.

Ou du moins, il était temps pour nous d'être à nouveau à l'horizontale et nus.

Je la pris dans mes bras et me dirigeai vers la chambre à coucher.

24

EMMA

JE RÊVAIS DE JOHNNY. Il se battait contre quelqu'un pour moi–Stan, pensai-je. Puis je l'avais appelé par son prénom. Il s'était arrêté, s'était retourné et agenouillé dans un champ de blé pour me demander de l'épouser.

Je me réveillai de ma sieste réparatrice en sentant son corps dur enroulé autour du mien.

— Tu es réveillée.

Je clignai des yeux et regardai par-dessus mon épaule. Je le trouvai appuyé sur un coude, en train de m'observer. La pièce était sombre, à l'exception du clair de lune qui passait par les fenêtres–combien de temps avions-nous dormi ? Tout l'après-midi, semblait-il.

Je ris, gênée.

— Tu me regardais dormir ?

— Je m'émerveillais.

— De quoi ?

— De la beauté de ton corps.

Comme s'il s'agissait d'une évidence, sa bite tressaillit contre mes fesses, prête à remettre le couvert, même si nous avions fait l'amour avant notre sieste. Il était insatiable. Moi aussi.

— Toutes ces louanges vont me monter à la tête.

Je retirai sa main de ma taille et la remontai sur ma poitrine, lui donnant le feu vert pour d'autres moments sexy.

— Je veux que ça te monte à la tête et à la chatte.

Il me fit doucement basculer sur le dos, puis roula sur moi, fronçant les sourcils de manière suggestive.

Je ne pus pas m'empêcher de rire et de bouger mon bassin pour aller à la rencontre du sien.

— Oh, presque tout ce que tu fais et dis va à ma chatte, admis-je. Tu m'excites, juste par ta présence.

— Et voilà le résultat...

Les hanches de Johnny pivotèrent et sa bite en pleine érection poussa dans l'espace situé juste en dessous de ma chatte. Un gémissement s'échappa de mes lèvres.

J'étais trempée et prête pour lui–je n'avais pas menti sur le fait que j'étais en permanence stimulée par lui. J'avais eu des besoins sexuels dans le passé, bien sûr. Des désirs. Mais là, c'était autre chose. C'était une... fringale sexuelle. J'avais une envie folle de Johnny et du plaisir que nous partagions.

— Tu vas me faire jouir avant même que je ne te pénètre, ma chérie, grogna-t-il.

Je lui embrassai la mâchoire. Il pencha son visage vers le mien, et nos bouches fusionnèrent. Lorsque je glissai ma langue entre ses lèvres, prenant pour une fois le rôle de l'agresseur, il poussa un gémissement.

— Comment vais-je pouvoir me retenir ce soir ? dit-il en jetant un coup d'œil à la fenêtre. C'est la pleine lune. Tu es nue et en dessous de moi. Ta chatte est humide et accueillante. Je vais mourir en essayant de ne pas aller trop loin.

— Comment ça, aller trop loin ? J'aime tout ce que tu me fais, dis-je en faisant un mouvement de hanches sous lui.

Nous n'étions pas des adolescents qui n'avaient pas encore fait l'amour. Ses paroles n'avaient aucun sens. Particulièrement depuis que j'avais choisi des sex-toys dans la boîte et que nous les avions utilisés.

— Je veux juste dire... être trop agressif. Être trop brutal. Je suis tellement excité que je pourrais te pilonner à n'en plus finir.

Un large sourire apparut sur mon visage.

Oui, s'il te plaît.

— On peut toujours essayer.

Le visage de Johnny s'éclaira d'un sourire complice.

— Tu me tues, dit-il en s'écartant de moi. Reste là. Je vais chercher un préservatif.

— Non. Nous, hum, nous n'avons pas été très cohérents dans notre utilisation

Il me sourit d'un air penaud, mais il avait aussi une lueur sauvage dans le regard.

Comme s'il ne se souciait pas des conséquences, ou même qu'il les souhaitait.

— Je prends la pilule, donc c'est bon pour moi. Si c'est bon pour toi.

Il me considéra un instant, puis grogna.

Mon Dieu, le fait qu'il me désire à ce point me faisait me sentir tellement sexy. Il me trouvait si attirante qu'il craignait de perdre le contrôle.

Mais si rien de tout cela n'était réel ? Je savais que la partie physique était réelle, mais peut-être qu'il avait transformé tout cela en quelque chose d'irréel dans sa tête–un fantasme qui ne correspondait pas à ce que j'étais en réalité.

Tout comme je l'avais considéré comme mon « cow-boy sexy » avant même de le connaître.

Et si tout cela disparaissait dans quelques semaines ou quelques mois lorsqu'il se rendrait compte que je n'étais pas la vraie Lyssa ? Que se passerait-il s'il découvrait que je n'étais que la banale Emma, la brave fille conservatrice qui ne prenait jamais de risques, ne flirtait pas et ne sautait pas dans le pickup truck d'un cow-boy sexy avec une valise quelques heures après l'avoir rencontré–et baisé ?

Je n'étais pas la femme qui avait une boîte de sex-toys.

Je n'étais pas celle qui s'était rapidement liée d'amitié avec un groupe de femmes dans un saloon.

Peut-être que cela allait trop vite. Peut-être que je me réveillerais dans une semaine ou un mois et que je me rendrais compte que je m'étais fait jeter en vrai, et pas par un taureau mécanique.

Et si Johnny était vraiment doué pour séduire les femmes ? Du genre à les aimer et à les abandonner.

Et si j'étais en train de me faire avoir ? Ou arnaquée, ou je ne sais quoi.

Avant que je ne me monte complètement la tête, Johnny écarta mes genoux avec les siens.

— Tu veux cette bite, ma jolie ?

Dès qu'il se rapprocha de moi, j'oubliai ma paranoïa et me baissai pour le guider en moi.

— Oui.

Il me pénétra doucement.

— Tu la veux comment ? Il me prit vers l'arrière et plaça son gland de façon à ce qu'il touche la paroi interne de mon vagin.

— Comme ça ?

— Oui, dis-je en expirant, déjà submergée par le plaisir.

C'était si bon. C'était comme si nos corps étaient faits l'un pour l'autre. Comme si c'était le destin.

Encore une fois, c'était peut-être une réplique que Johnny utilisait à chaque rencontre.

Non, j'étais folle. Tout ceci était réel. Je voulais que ce soit réel. Je lui avais dit que je l'aimais. Je me mordillai la lèvre parce que ses coups de reins étaient si agréables, mais aussi pour ne pas le répéter. Est-ce que je m'étais trompée en disant cela ?

La petite voix à l'intérieur de ma tête me demanda : *mais es-tu sincère avec lui ? J'avais fait semblant de téléphoner à mon faux patron !*

Va te faire foutre, petite voix. J'étais Lyssa en ce

moment. Et Lyssa pouvait avoir des relations sexuelles torrides et dénuées de signification quand elle le voulait. Elle ne se préoccupait pas de savoir si le gars utilisait une phrase type ou non. Elle prenait juste du plaisir. Avec une bite magique.

C'était ce que je devais faire maintenant. Il ne fallait pas que je m'emballe parce que j'avais dit « *je t'aime* ».

— Ça va ?

Johnny observait mon visage en faisant des va-et-vient en moi.

— Oui ! C'est bon. Vraiment bon !

Bon sang, il fallait que j'arrête de douter.

Il se retira.

— Juste vraiment bon ? Peut-être que tu as besoin d'un petit quelque chose en plus.

Il me fit rouler sur le ventre et me donna une claque sur les fesses.

Je me mis à battre des pieds.

— Non ! J'ai besoin de toi. De ta bite. C'est tout ce dont j'ai besoin.

— Eh bien, je vais te mettre le plug. Putain, ouais. Je veux que ce magnifique cul porte mon plug quand je vais te baiser ce soir.

— Oh mon Dieu.

On y était. Toutes mes autres pensées furent bannies de mon esprit et je m'abandonnai au langage cochon et à l'habileté de Johnny. Je restais allongée là, haletante de désir, pendant qu'il lubrifiait mon cul et le plug, puis l'insérait délicatement.

— Regarde comme tu prends bien ce plug. Ma petite coquine, dit-il, puis il me retourna sur le dos.

J'avais déjà les yeux révulsés lorsqu'il me pénétra cette fois-ci. J'étais submergée de sensations délicieuses–mon cul avec le plug, sa bite qui entrait et sortait. C'était si serré. J'étais tellement bien remplie. C'était si... coquin.

Je perdis la notion du temps–je ne savais pas si cela faisait quelques minutes ou une heure que nous étions là. J'étais comme suspendue à mon plaisir. Johnny devenait de plus en plus brutal. Il appuya une main contre la tête de lit, et le lit se mit à osciller et à grincer, claquant contre le mur à un rythme de plus en plus rapide.

Lorsque je rouvris les yeux, la respiration de Johnny était devenue saccadée. Ses yeux brillaient au clair de lune et sa mâchoire était serrée, comme s'il essayait de se retenir. Toujours.

Waouh. Peut-être qu'il *pouvait vraiment* aller trop loin. C'était à peu près le maximum que je pouvais supporter. Mais la partie coquine de moi–celle qui voulait devenir Lyssa– désirait voir ce que Johnny voulait dire. Jusqu'à quel point il pouvait être brutal. Je savais qu'il était sauvage, mais quel point ?

Je tendis les bras vers lui, marquant ses épaules de mes ongles, l'incitant à y aller encore plus fort.

— Je veux que tu me donnes tout, Johnny, plaidai-je en faisant bouger mes hanches pour aller à la rencontre de chacun de ses coups de reins. Je veux tout prendre. Donne-moi tout.

— Puuuutain de merde, gémit-il. Putain, Lyssa !

Je me moquais qu'il m'appelle ainsi puisque c'était le rôle que je jouais. Cette version de moi aimait avoir un plug dans le cul. Aimait qu'on la baise bien fort. Sans tabou. Elle était gourmande.

— Oui, Johnny. Plus. Donne-moi tout.

— Putain ! cria-t-il, me pilonnant alors que son bassin étaient pris de secousses violentes.

J'aurais juré que nous étions tellement connectés que je pouvais sentir la chaleur de son sperme en moi. Il posa sa tête sur mon épaule et puis...

— Aïe ! criai-je quand il me mordit beaucoup trop fort.

J'avais eu l'impression qu'une de ses dents m'avait percé la peau. Mon dos se cambra, mon cou se contracta.

— Oh putain ! cria-t-il. Oh putain, Lyssa, je suis tellement désolé !

En un éclair–tellement rapidement que je ne pus suivre ces mouvements–Johnny se détacha de moi et se retrouva près de la porte.

— PUTAIN.

Cette fois-ci, c'était plus un grognement sauvage qu'un mot articulé.

Ses yeux brillaient d'une lueur ambrée dans l'obscurité, comme ceux d'un animal.

Et puis, soudain, il se transforma en... *loup !*

Un énorme loup noir qui se tenait dans l'embrasure de la porte de la chambre.

25

JOHNNY

Lyssa cria.

Oh, putain. Je l'avais blessée. J'avais commencé à la marquer, malgré l'avertissement de Rob.

J'avais perdu la tête quand elle m'avait dit de *tout lui donner*. Mon loup n'avait pas compris et avait cru qu'elle voulait qu'il la revendique. Pas que je lui donne un bon coup de bite pendant qu'elle avait le plug dans le cul.

Puis, son cri et la pensée qu'elle était blessée m'avaient fait passer à ma forme de loup, prêt à la défendre.

Contre... moi-même !

Putain, *putain*.

Je faisais les cent pas dans l'embrasure de la chambre. Je ne me contrôlais plus. Je devais m'éloigner d'elle avant de faire plus de dégâts.

J'avais merdé.

Encore une fois.

J'étais allé trop loin, et maintenant mon loup voulait s'en prendre à quelqu'un parce qu'il avait senti le sang de notre compagne et l'odeur métallique de la peur qui se dégageait d'elle.

Je devais m'éloigner. La laisser se calmer. Laisser l'odeur du sang et du sexe s'estomper. J'avais besoin d'évacuer cette énergie, comme Rob me l'avait conseillé, avant d'aggraver la situation.

Je n'avais pas écouté mon alpha. Je n'avais pas pris ses avertissements assez au sérieux, et voilà où cela m'avait mené. Ma compagne avait l'air terrifiée par moi. Et elle saignait.

Je me retournai, me cognant contre le cadre de la porte avec mon énorme postérieur, tout en m'enfuyant à toutes jambes.

— Johnny ?

Il y avait de la panique dans la voix de Lyssa. Cela rendit mon loup encore plus fou.

Putain, est-ce qu'elle me suivait ? Nue, avec mon odeur, la chatte dégoulinante, le plug dans le cul ?

— Johnny, attends !

N'avait-elle pas peur ?

Elle aurait dû avoir peur. Je ne pouvais pas rester et m'expliquer maintenant. Je n'étais même pas sûr d'être capable de reprendre ma forme humaine. Je devais mettre de la distance entre nous jusqu'à ce que je retrouve mon sang-froid. Je me précipitai vers la porte des loups dans la cuisine et m'élançai dans la nuit. Je courus jusqu'au flanc de la montagne. Loin de ma compagne. Pour la protéger.

Quelque part au loin, je perçus les hurlements de mes frères déjà partis pour leur course de la pleine lune.

Même à cette distance, je pouvais entendre la voix de Marina qui appelait depuis l'entrée du ranch.

— Lyssa ? C'est toi ?

J'entendis le bruit de pieds qui couraient. Ceux de Marina. Ceux de Lyssa.

Tant mieux. Elle s'occuperait de ma compagne. Peut-être lui expliquerait-elle certaines choses. Peut-être lui apporterait-elle des soins médicaux, si elle en avait besoin. Audrey était probablement là avec sa sœur et pourrait l'aider.

Cette pensée fit grogner mon loup. Notre compagne était blessée. Mon loup voulait aller tuer quelqu'un.

Ce quelqu'un, ça aurait dû être moi. Comment avais-je pu lui faire du mal ? L'effrayer ? Comment avais-je bien pu faire ça ?

Mon loup était désorienté.

Incontrôlable.

Je courus sur le flanc de la montagne, mes pattes griffant les rochers pour atteindre un terrain plus élevé, mais je m'arrêtai, levai le nez vers la lune et hurlai sur ce que j'avais fait.

Je me demandais si Lyssa serait encore là quand la lune se coucherait.

26

EMMA

— Johnny ? Johnny, reviens !

Je me tenais à l'entrée du dortoir, enveloppée dans un simple drap. L'air était frais, la nuit semblait étrangement animée. Et mon petit ami était un loup-garou.

Merde ! PUTAIN DE MERDE.

Je ne savais pas comment réagir. Je n'arrivais même pas à me faire à cette idée. Nous avions été en train de faire l'amour et la seconde suivante, il m'avait mordue !

Oh, mon Dieu. Est-ce que j'étais infectée ? Et si oui, par quoi ? Est-ce que j'allais me transformer en une créature à fourrure avec de grandes dents ?

Quand ma sœur faisait des folies, je pariais qu'il ne lui arrivait jamais quelque chose comme ça. Oh, non. Finalement, c'était peut-être moi qui allais remporter le prix de la sœur la plus déjantée.

J'avais baisé avec un loup-garou. Je venais aussi de lui dire de revenir.

Où avais-je eu la tête ? Je ne pouvais pas rester ici. Je ne pouvais pas attendre qu'un loup revienne et... et quoi ? Me mange ? Me déchiquète ? Me *morde* à nouveau ?

Je passai mes doigts sur l'endroit que ses dents avaient mordu. Il y avait un filet de sang, mais ça ne me piquait presque plus.

Je ne pouvais pas rester ici. Je ne pouvais pas rester seule, alors je commençai à monter la colline jusqu'à la maison principale. Marina serait là-bas. Les autres aussi.

Avant même de savoir quoi dire en arrivant, j'entendis l'appel de Marina. Dieu merci.

Elle courait vers moi sur le chemin de gravier, suivie par Audrey, Natalie et Becky.

— Lyssa ?

— Tu vas bien ? Qu'est-ce qui s'est passé ?

Les femmes se mirent autour de moi, serrant mon corps tremblant dans leurs bras.

— J-J-Johnny, dis-je avec mes dents qui claquaient.

— Qu'est-ce qui s'est passé ?

Je levai la main et me tapotai l'épaule. J'avais du mal à reprendre mon souffle.

— Il l'a mordue, dit Audrey d'une voix calme de médecin.

Elle pencha la tête pour examiner ma blessure, même

s'il faisait vraiment trop sombre pour qu'elle puisse bien voir quoi que ce soit.

— Viens à la maison, que je puisse regarder ça.

Les quatre femmes me conduisirent sur le sentier menant à la maison du ranch. Elles ne semblaient pas surprises.

— Il...il...

Comment pouvais-je le dire ? Comment expliquer ce que je venais de voir ? Que mon petit ami se transformait en monstre à la pleine lune.

J'avais lu tous les livres de *Harry Potter*. Je savais comment cela fonctionnait. Johnny avait dit que c'était la pleine lune et je n'y avais pas prêté attention. Mais dans l'histoire, le professeur Lupin était un homme merveilleux qui ne pouvait pas empêcher ce qu'il devenait à la pleine lune. Cela devait être ce qui se passait avec Johnny. Voilà pourquoi il lui arrivait de perdre le contrôle, comme au bar la veille. Pourquoi il avait eu peur « *d'aller trop loin* » avec moi ce soir.

Je ne pouvais pas lui reprocher cela, n'est-ce pas ?

Je savais que Johnny n'avait pas eu l'intention de blesser qui que ce soit. Qu'il se souciait profondément de ceux qui l'entouraient, moi y compris.

J'avais beaucoup de compassion pour son sort. Cela devait être horrible d'être soumis à une autre facette de soi-même chaque fois que c'était la pleine lune.

Je n'allais pas le rejeter pour autant. J'aimais cet homme. Avec sa fourrure et tout le reste.

Je ne voulais surtout pas qu'ils le pourchassent. Devrais-je garder toute cette histoire pour moi ?

— Johnny...

— Il t'a vraiment mordu ? demanda gentiment Becky.

Calmement. Trop calmement.

Je la regardais avec des yeux écarquillés. Comment pouvait-elle être aussi directe ? Était-elle au courant ?

Ma main revint à l'endroit de mon cou où la dent m'avait entaillée. Elles n'auraient pas pu savoir que ma petite coupure était due à une morsure. J'aurais pu me couper de toutes sortes de façons.

Ce qui voulait dire *qu'elles savaient*.

— C'est un loup.

Je le dis comme une affirmation, pas comme une question.

— Oui, ma puce, dit Becky sur le même ton qu'utilisent les parents lorsqu'ils doivent admettre que le Père Noël n'existe pas.

Nous étions maintenant dans la maison du ranch et elles me firent entrer dans la cuisine. Audrey prit une serviette en papier, la plia et la plaqua sur mon cou pour arrêter le saignement.

— Va me chercher la trousse médicale, dit-elle à Marina.

Elles savaient donc pour Johnny, et elles ne le repoussaient pas pour autant. J'avais tout de suite compris que c'étaient des gens sympas. J'étais si contente qu'ils le soutiennent.

Mais–oh mon Dieu–quelles étaient les implications pour moi ?

— Est-ce que je suis infectée moi aussi maintenant ? dis-je d'une voix étouffée.

Natalie me poussa sur une chaise de cuisine et s'assit en face de moi. Elle me prit la main, celle qui ne tenait pas le drap autour de mon corps.

Elle me regarda dans les yeux et me répondit :

— Tu n'es pas infectée. Ce n'est pas une maladie. Ils sont d'une espèce différente de la nôtre.

Je déglutis bruyamment, la bouche soudain très sèche.

— *Ils sont ?*

Cela signifiait-t-il...

Wolf Ranch ! Le nom même de l'endroit était révélateur.

— Tous les hommes sont des loups-garous ?

— Des loups métamorphes, dit Marina en revenant avec une trousse de secours qu'elle posa sur la table et ouvrit. Pas des loups-garous.

Becky sortit immédiatement des compresses d'alcool, en ouvrit une et la tendit à Audrey.

— Quelle est la différence ? demandai-je, mes yeux passant d'une personne à l'autre.

— Les loups-garous n'existent pas. Ils sont le produit de films d'horreur. Ce sont des légendes transmises par des humains qui ont vu des loups métamorphes et qui n'ont pas compris qui ils étaient. C'est pourquoi nous gardons leur existence secrète. Sinon, ils seraient chassés et tués.

Audrey nettoya ma plaie et l'inspecta. Cela piquait

maintenant plus à cause de la lingette d'alcool qu'à cause d'autre chose.

— Ce n'est pas trop profond. Et on dirait que ce n'était qu'une dent.

Elle croisa le regard de sa sœur au-dessus de ma tête, mais je ne parvins pas à interpréter leur échange.

Je n'eus pas le temps de poser la question car j'entendis Johnny crier dehors.

— Lyssa ? Bon sang, Lyssa ?

La porte s'ouvrit, et mon petit ami se tenait là, complètement nu devant tout le monde, ses yeux sauvages cherchant les miens. Il était sale, en sueur et avait de l'herbe dans les cheveux.

— Je suis vraiment désolé, ma chérie.

Il se dirigea vers moi, d'un pas rapide, d'abord, puis resta à une certaine distance pour me donner de l'espace.

— Je devais m'enfuir, mais je n'ai pas pu. Dis-moi si tu veux que je reste ici, ou si tu veux que je parte.

— Couvre-toi, Johnny, lui demanda Becky en attrapant un torchon et en le lançant vers lui en riant

Il l'attrapa et le plaça devant son entrejambe.

— Nous allons vous laisser un peu d'espace, dit Marina en me tapotant la main, et les femmes disparurent.

Elles ne m'abandonneraient pas si j'étais en danger, n'est-ce pas ?

Je restai assise, encore sous le choc. J'essayais de digérer tout ce qui se passait.

Son regard se posa sur moi, comme s'il cataloguait tout ce qu'il voyait.

— Je ne voulais pas te mordre, ma chérie. Je suis vraiment désolé. C'était un accident, j'étais trop excité. Mon loup était furieux que tu sois blessée, alors j'ai couru pour me maîtriser. Je devais rester à l'écart, mais je ne pouvais pas, putain. Tu vas bien ?

Je hochai la tête, me levant. Est-ce que j'étais folle de trouver tout cela acceptable ? Sans savoir vraiment *de quoi* il était question ? Était-ce moi, Emma, qui désirait Johnny ou mon côté déjanté en mode Lyssa ? Lyssa aimerait-elle être avec un métamorphe ? Un homme nu qui se transformait en loup et qui courait pendant les nuits de pleine lune ?

Moi oui. Je voulais être avec lui.

— Je vais bien.

— Putain, merci.

Johnny se précipita vers moi, puis s'arrêta à nouveau.

— Je peux te toucher ? Je peux te prendre dans mes bras ?

J'aimais qu'il demande la permission. Qu'il me protège, même de lui-même.

J'étais si déroutée. Je me sentais totalement dépassée. Et pourtant, sans réfléchir, je passai mes bras autour de son cou trempé de sueur.

Je lui dis :

— Prends-moi dans tes bras.

Il me prit dans ses bras, avec mon drap, et me ramena en direction du dortoir, la porte claquant derrière nous.

— Ça va ? Tu n'as pas peur de moi ?

Il plissait le front et marchait rapidement, comme s'il avait hâte de me ramener en toute sécurité dans notre lit.

— Je... je vais bien, répétai-je.

— Non, tu ne vas pas bien, dit-il d'un ton affligé. Lyssa, je n'ai jamais voulu te faire de mal. C'est juste que... mordre est quelque chose que les loups font avec leurs compagnes. Mais tu es humaine, alors bien sûr, tu ne le savais pas. Tu ne guéris pas vite comme une louve le ferait, alors ça fait mal, et il y a encore une petite blessure. Je suis vraiment désolé. Rob m'avait prévenu de ne pas être avec toi ce soir avec la pleine lune, mais je ne pouvais pas supporter l'idée d'être loin de toi. J'ai merdé. Encore une fois.

Je posai ma tête contre la sienne.

— Je vais bien, vraiment C'était une surprise et ça fait beaucoup de choses à assimiler. Alors, tu te transformes *en loup* à la pleine lune ? Et les filles m'ont dit que tu n'étais pas un loup-garou, mais un métamorphe !

J'avais tellement de questions à lui poser.

Il ne respirait même pas fort en me portant.

— C'est vrai. La lune nous affecte, c'est sûr. Elle fait ressortir notre côté loup. D'habitude, nous courons en meute pour nous défouler. Ce soir, j'ai essayé de ne pas courir pour être avec toi, mais c'était une erreur, dit-il, son regard reflétant un océan de douleur.

Je déposai un baiser sur sa tempe.

— Je vais bien, répétai-je doucement. Il n'y a pas de problème.

Son regard se dirigea vers le mien. Nous étions rentrés au dortoir et nous nous trouvions dans la chambre à coucher. Il me déposa soigneusement au milieu du lit.

— Pas de problème entre nous ?

L'espoir brillait dans ses yeux.

Je hochai la tête.

— Tout va bien, murmurai-je.

Johnny s'écroula à côté de moi, soulagé. Il me serra dans ses bras.

— Oh, ma chérie, c'est la meilleure des nouvelles.

J'aurais juré pendant l'espace d'une seconde, que ce cow-boy grand et fort–ce loup métamorphe–allait pleurer. Je le serrai également dans mes bras, lui rendant la pareille.

— Tout va bien entre nous, répétai-je une troisième fois, en fermant les yeux et en écoutant le chant des grillons et les doux chants lointains des chevaux dans l'écurie.

Le bruit de nos respirations entremêlées.

Les battements de mon cœur et du sien qui ne faisaient qu'un.

Peut-être étais-je encore plus cinglée que Lyssa.

27

JOHNNY

QUI AVAIT besoin d'une couverture quand sa compagne était étendue sur lui ? Pas moi. Au cours de la nuit, elle s'était tournée vers moi et j'avais dû la tirer vers moi. Sa tête était sur ma poitrine, une de ses jambes entre les miennes. Sa chatte était pressée contre ma cuisse nue.

Je m'étais endormi pendant qu'elle m'apaisait. Grâce aux caresses de ses doigts, au doux battement de son cœur, à ses paroles.

Maintenant, c'était à moi de l'apaiser, de la prendre dans mes bras et de la laisser dormir contre moi. Une de mes mains glissait le long de son dos nu, l'autre jouait avec les longues mèches de ses cheveux.

Elle était en sécurité. Elle m'aimait. Je respirai son

odeur. Oui, je la sentais, mon odeur se mêlait à la sienne à présent.

La petite morsure que je lui avais faite la nuit dernière avait suffi à la marquer.

Elle était ma compagne marquée.

Merde. Je n'avais pas eu l'intention de le faire.

La connexion que nous avions maintenant aurait dû être parfaite. Surtout qu'elle savait maintenant que j'étais un métamorphe. Sauf que ce n'était pas le cas.

En baissant les yeux, j'aperçus l'éraflure sur son cou. La petite croûte. Je l'avais marquée sans son consentement. Sans qu'elle sache ce que porter ma marque signifiait. Elle n'avait même pas su que j'étais un métamorphe lorsque je l'avais fait.

Je devais tout lui expliquer, mais était-elle prête à entendre que je l'avais marquée à vie ? Que mon loup l'avait revendiquée et qu'il ne la laisserait jamais partir ?

Elle était humaine. Elle ne comprendrait pas la profondeur de ce qui nous unissait. Pour elle, si elle n'était pas prête à s'engager pour toujours avec moi, cela pourrait être étouffant.

Elle remua dans mes bras, renifla.

Je me calmai.

— Bonjour, murmura-t-elle, puis elle se figea.

Putain de merde. La paix et le calme qui devaient caractériser notre nouvelle existence avaient disparu.

Elle se souvenait.

Je ne la laisserais pas se lever, même si elle n'essayait pas de bouger. Mes mains recommencèrent à la caresser.

— Bonjour, ma chérie.

— La nuit dernière a été... euh... insensée.

Elle frotta sa joue sur ma poitrine nue.

Ma bite se mit à remuer, mais je ne fis pas attention à elle. Ce n'était pas le moment de baiser. Enfin, c'était toujours le moment de baiser ma compagne, et surtout maintenant qu'elle était marquée, mais il fallait d'abord parler de certaines choses.

— Tu as des questions à me poser, supposai-je.

Elle tenta de se relever, mais j'avais peur qu'elle ne parte, alors je la fis glisser et la déplaçai pour que nous soyons tous les deux sur le côté, l'un en face de l'autre. J'attrapai le drap et le tirai sur nous.

Ses yeux semblaient encore endormis, mais ils prirent un éclat lumineux lorsqu'ils rencontrèrent les miens.

— Alors, tu es un *loup*.

— Oui.

— Tu es né comme ça ?

— Il n'y a pas d'autre moyen, répondis-je. Mes parents sont des métamorphes dans une meute du Nebraska. Je t'ai parlé de ma sœur. Il est évident qu'elle aussi est une métamorphe. Et ses louveteaux aussi.

— Ses louveteaux ?

— Ses enfants.

— Et le type qui l'a attaquée ?

Je hochai la tête.

— Et tout le monde ici à Wolf Ranch ?

— Les hommes. Et Willow. Les autres femmes sont humaines comme toi.

Elle se lécha les lèvres, déglutit.

— Oui, je l'avais compris. Tu allais m'en parler ?

Je soupirai, lui tendis la main et lui caressai les cheveux. Je ne pouvais pas résister.

— Oui. Je suis désolé, mais j'attendais... le bon moment.

Je la poussai sur le dos et m'approchai d'elle, mon corps contre le sien.

— Chaque moment était parfait parce que, bon sang, ma chérie, ce qu'il y a entre nous est parfait. Mais comment dire à quelqu'un quelque chose d'aussi important ? Comment peut-on réussir à dévoiler un si grand secret ?

Elle détourna le regard et se mordit la lèvre.

— Les humains n'ont pas le droit de savoir que nous existons.

— Je ne le dirai à personne.

— Merci.

— Tu as peur de moi ? Tu flippes à cause de toute cette histoire ?

Elle secoua la tête.

— J'ai dit hier soir que tout allait bien. Je le pense toujours.

J'expirai et fermai les yeux un instant, tellement soulagé qu'elle n'ait pas changé d'avis. Devais-je lui dire qu'elle était ma compagne marquée ? Que j'étais un homme de main ?

Je voulais tout lui dire, tout lui avouer. Il était temps.

— J'ai beaucoup de choses à t'expliquer.

Un petit sourire se dessina sur son visage.

— Euh, ouais.

Cela me fit glousser et je me penchai pour l'embrasser.

— Je travaille ici, à Wolf Ranch. Je suis l'un des employés du ranch. Tu le sais bien. Je vis ici, dans le dortoir. Je suis venu ici quand j'avais dix-huit ans, comme je te l'ai dit. Je suis aussi un homme de main.

Elle cligna des yeux.

— Comme dans la mafia ?

— En quelque sorte. Je suis un représentant du Conseil des métamorphes qui rend la justice.

— Je ne sais pas ce que ça veut dire.

— Le Conseil des métamorphes est une sorte de groupe de juges loups métamorphes. Les délits sont présentés devant eux, et ils condamnent les métamorphes pour leurs délits.

— Pourquoi ces personnes ne peuvent-elles pas simplement aller en prison ?

— Parce que les métamorphes pourraient facilement s'échapper. Nous avons une force surhumaine. Une cellule ne pourrait pas contenir un métamorphe– et si un métamorphe s'échappait, notre secret serait divulgué. Les humains ne doivent pas être au courant de notre existence.

— Alors, quel genre de condamnations le Conseil prononce-t-il ? Par exemple, en tant qu'homme de main, tu fais quoi ? Tu les frappes ? Tu leur casses les rotules ?

Son regard dégoûté me retourna les tripes.

Mon cœur battait la chamade dans ma poitrine. J'allais la perdre à cause de ça. Tout comme j'avais perdu ma meute et ma famille.

J'aurais peut-être dû attendre avant de tout lui dire.

Mais non–mieux valait découvrir maintenant que notre couple ne pourrait pas fonctionner, plutôt que plus tard.

— C'est, euh... généralement une sorte de peine capitale.

Lyssa sursauta.

— Donc un homme de main est un bourreau ? murmura-t-elle.

Je ne détournai pas le regard. Une corde raide se resserra autour de ma gorge, alors que je me préparais à sa réaction.

— Oui. J'ai été choisi pour ce que j'ai fait à l'agresseur de Simi. Ce que j'ai en moi. Et... c'est pour cela que j'étais au ranch de Chapman.

Son visage prit un air perplexe, puis elle finit par comprendre.

— Tu es venu pour le tuer.

— Non. Pour l'amener au procès du Conseil. Mitch Chapman fait du trafic de femmes métamorphes. Il les attire et les vend.

— Oh, mon Dieu. C'est aussi un métamorphe ?

Ses yeux s'écarquillèrent et elle eut l'air vraiment effrayée.

— Oui. Tu es en sécurité ici, ma chérie.

28

EMMA

M*itch* C*hapman* était un métamorphe ? Un homme qui kidnappait et vendait des femmes ? Bon sang, dans quoi Lyssa s'était-elle embarquée ?

Toute cette histoire était vraiment compliquée ! D'abord, je découvrais que Johnny était un loup. Puis je venais d'apprendre qu'il était un homme de main. Johnny était donc une sorte de chasseur de primes ? Il chassait les méchants métamorphes, les ramenait et, lorsqu'ils étaient condamnés, les tuait au lieu de les remettre à la police pour qu'ils soient mis en prison ?

— Attends... dis-je en posant ma main sur ma poitrine.

Une sensation de froid s'insinua dans ma poitrine. Créa comme une pression. Rendit mon souffle court. Je tentai d'identifier la source de mon inquiétude. Je me redressai, mes longs cheveux tourbillonnant sur mes épaules.

Je savais que Johnny avait des difficultés à gérer sa colère. Je l'avais vu de mes propres yeux chez Cody. Il m'avait raconté avoir tué l'agresseur de sa sœur. Je le savais, il me l'avait dit dans sa camionnette ce soir-là, et je lui avais dit que je l'aimais.

Je l'aimais. Je n'avais pas eu l'air de me soucier du fait qu'il tue des gens pour vivre, ni même du fait qu'il soit un loup.

Mais quelque chose ne collait pas avec ça.

Puis tout devint clair. Ce qui ressemblait à une trahison.

— Alors pendant tout ce temps, tu travaillais sur une affaire ?

Ce qui me faisait paniquer, c'était qu'il s'était servi de moi. Que j'étais ici dans son lit parce qu'il attendait que j'aie des nouvelles de Chapman. Pour que je l'aide à retrouver ce type. Il s'était servi de moi pour l'aider. Il avait insisté pour que je l'appelle, et j'avais fait semblant de le faire.

Johnny fronça les sourcils, l'air confus.

— Eh bien, oui. Qu'est-ce que tu veux dire ?

— Je veux dire que je faisais juste partie intégrante de ton travail. Tout ça, c'était pour atteindre Mitch ?

Ses yeux s'illuminèrent et il comprit où je voulais en venir.

— Non, non, non, chérie. Ce n'était pas comme ça que ça s'est passé.

— S'il avait été dans son ranch, tu l'aurais tué ? demandai-je.

— Seulement s'il avait résisté. Nous avons demandé à
des hommes de main dans tout le pays de se rendre à ses
différents domiciles et entreprises pour le trouver. S'il avait
été dans son ranch, je l'aurais fait comparaître devant le
Conseil.

Voilà. Maintenant, je ne me souciais plus vraiment de
ce qui se passait dans le ranch de Chapman.

Mais je commençais à monter dans les tours parce que
j'avais cru que notre histoire était réelle. Que ce que nous
avions entre nous, ce que nous partagions, était *la réalité*.

Je le regardai dans les yeux et ajoutai :

— Juste après l'histoire du détecteur de fumée, tu m'as
demandé s'il était au ranch. Je t'ai répondu que non.

Il acquiesça, me fit un sourire rassurant.

— C'est vrai. Tu vois, tu étais en sécurité.

En sécurité ? Peut-être au niveau de la traite des
femmes. Mais mon cœur dans tout ça ?

— Tu m'as séduite pour que je reste près de toi. Pour
garder un œil sur Chapman. Tu m'as utilisée, dis-je en
montrant mon corps de la main. C'est pour ça que tu as
gardé tout ça secret. Pour cette raison que tu ne m'as pas
parlé des métamorphes. Tu as été forcé de m'en parler, de
dévoiler ce que tu es, seulement parce que tu m'as mordue.

Ses yeux s'écarquillèrent d'horreur. Oui, j'avais compris
ce qu'il avait manigancé.

— Non. Ma chérie, non.

Je ne l'écoutais plus. Je ne voulais plus rien entendre de ce qu'il avait à dire.

— C'est pour ça que tu es resté cette nuit-là, en espérant qu'il revienne. Tu en as profité pour t'amuser avec l'intendante pendant que tu attendais.

— Lys, me mit-il en garde.

Je le pointai du doigt.

— Ne m'appelle pas Lys.

Parce que je n'étais pas Lyssa.

Je ne l'avais jamais été. Comment pouvait-elle agir de la sorte ? Sortir avec un homme et avoir une aventure sans que son cœur ne soit impliqué ? Mon Dieu, je lui avais dit que je l'aimais !

Si j'avais été comme Lyssa et que j'avais fait en sorte que les choses restent simples et amusantes, cela n'aurait pas eu d'importance. Et s'il s'était servi de moi pour avoir accès à Chapman ? Aucune importance, je me serais servie de lui pour une aventure sauvage et amusante.

Mais j'étais une imbécile, Emma était une imbécile, et son cœur était impliqué. Et brisé.

Parce que pendant qu'il m'avait dit que j'étais la femme idéale, que j'étais faite pour lui, pendant qu'il me donnait tous ces d'orgasmes, il s'était servi de moi. Il m'avait pompée pour obtenir des informations. Il avait cru que j'étais réellement Lyssa et il avait utilisé ma connexion et mon accès à l'homme qu'il recherchait. Il m'avait gardée près de lui comme un « indic ».

Il ne m'avait pas dit qu'il m'aimait.

— Tu t'es servi de moi.

— Quoi ? Non !

— Tu voulais en savoir plus sur Mitch Chapman. C'est pour ça que tu m'as posé des questions sur lui pendant que j'étais ici.

— Eh bien, oui, il faut qu'on le trouve. Il fait du trafic de femmes métamorphes, ma chérie.

— C'est tout ce que c'était, tu voulais garder cette stupide humaine près de toi, pour que je puisse te mener à ta... cible. Peu importe comment tu l'appelles.

Je me levai d'un bond. Je commençai à faire les cent pas. Quand je réalisai que j'étais nue, je m'arrêtai et commençai à enfiler les vêtements jetés par terre la nuit précédente.

— Je faisais partie de ton travail. Ça–j'agitai la main dans la pièce en faisant valser mes cheveux–c'était ton travail.

Il plissa les yeux et sa voix devint plus grave.

— Tu n'étais pas dans mon lit à cause de mon travail.

— Je suis ici à Wolf Ranch à cause de ça. Tu as sauté dans mon lit à l'autre ranch à cause de ça. Tu ne faisais que ton travail avec moi.

Les larmes commencèrent à couler sur mes joues.

— J'ai pensé... j'ai pensé... j'ai été *si* stupide !

Je m'enfuis.

— Lyssa, ma chérie, attends !

Il me poursuivit. Bien entendu. C'était ce que faisaient les loups.

Je n'avais pas mon petit sac. Je ne me souciais pas de mes vêtements. Mais mon sac à main était sur la petite table près de l'entrée, avec les clés de Johnny. Je saisis les deux et sortis en courant.

Pieds nus. Sans soutien-gorge.

Je me précipitai vers son pickup et montai dedans. Démarrai le moteur. Merde, le siège était trop en arrière !

— Lys. Stop. Attends !

Je secouai la tête dans sa direction. Les fesses posées sur le bord du siège, je passai la vitesse et démarrai, les roues soulevant la poussière.

Dans toute cette histoire, rien n'avait été réel. Cela n'avait été qu'une partie de plaisir. Une aventure en attendant que mon patron me contacte. Non, pas mon patron. Celui de Lyssa. Et il ne m'aurait jamais contactée parce que je n'étais pas Lyssa.

J'étais Emma. Celle que personne ne voulait aimer.

29

JOHNNY

Je regardais Lyssa sortir de l'allée.

— Lyssa ! hurlai-je, mais cela ne servit à rien. Putain, quel bordel !

Que venait-il de se passer ? Il fallait que je la rattrape et que je comprenne. Je me dirigeai vers l'écurie, le bâtiment le plus proche. À cette heure tardive... oui ! Le pickup de Boyd était là.

Je me précipitai à l'intérieur.

— J'ai besoin de tes clés.

Boyd était près de la porte du box de Chester, et il se retourna en me voyant approcher. Ses yeux s'écarquillèrent et se mirent en alerte.

— Qu'est-ce qu'il y a ? Qu'est-ce qui ne va pas ? Tu t'es transformé ?

J'étais paniqué, prête à fouiller dans les poches de son jean pour trouver ses putains de clés.

— Lyssa est partie. On s'est disputés. Elle a paniqué et s'est enfuie.

— Elle n'est pas en danger ?

Je secouai la tête.

— Non. Donne-moi tes clés.

— Mon pote, t'es à poil.

Ce fut à ce moment-là que je réalisai.

— PUTAIN ! criai-je, ce qui eut pour effet de perturber les chevaux.

Il me saisit par l'épaule, me tira à l'extérieur de l'écurie et me conduisit en direction du dortoir.

— Dis-moi ce qui se passe, bordel.

Son attitude habituellement désinvolte était tout à fait sérieuse.

Je me passai une main dans les cheveux.

— On s'est réveillés, et je lui ai dit que j'étais un homme de main.

— Putain. C'est beaucoup pour une personne humaine. Ça a dû la bouleverser.

— Elle savait ce que j'avais fait au type qui avait blessé ma sœur, et ça ne l'avait pas dérangé. C'est quand je lui ai dit que j'en avais après son patron, Chapman, qu'elle s'est énervée.

— Chapman est le type que vous recherchez ?

Je hochai la tête.

Il me poussa dans la pièce principale du dortoir, la porte d'entrée était grande ouverte.

— Va t'habiller.

— J'ai besoin de ton pickup pour aller la chercher.

— Sûrement pas sans ton putain de pantalon.

J'allai dans ma chambre qui sentait encore l'odeur de Lyssa et enfilai un jean. Je ressortis en boutonnant une chemise à carreaux.

— Donne-moi tes clés.

Il secoua la tête. Je grognai.

— Où vas-tu aller la chercher ? insista-t-il. Les femmes ont besoin de temps pour se calmer. Ce n'est pas une métamorphe, Johnny. Partir en pickup, c'est comme partir en courant pour nous. Elle reviendra.

Je me passai une main dans les cheveux.

— C'est ma compagne. Ma compagne marquée.

Il sourit.

— Ouais, félicitations.

Je lui lançai un regard noir. Pas de félicitations parce qu'elle n'était pas là, putain.

— Je n'ai même pas eu le temps de lui dire ce que signifie le fait d'être marquée. Elle est là-bas quelque part, dis-je en pointant l'extérieur, et elle pense que je me suis servi d'elle.

— Et c'est le cas ?

Je levai les bras au ciel.

— Non ! J'ai senti son odeur, et il n'y a pas eu de retour en arrière.

— Mais tu cherches toujours Chapman.

— Oui, bien sûr.

— Laisse-moi deviner, mon frère t'a dit de la cuisiner pour avoir des infos.

Mes yeux s'écarquillèrent.

— Oui.

Il soupira.

— Jusqu'à ce qu'elle se calme, mon pote, t'es baisé.

30

EMMA

JE SORTIS de Cooper Valley et me garai sur une aire de stationnement au bord de la route.

Heureusement, mon téléphone portable était dans mon sac à main lorsque je m'étais enfuie.

Je m'essuyai le visage, essuyai les larmes. Reniflai.

J'appelai Lyssa.

— Emmie !

Au son de la voix de ma sœur, mes yeux se remplirent à nouveau de larmes.

— Où es-tu ? demandai-je.

— Au ranch. Où es-tu ? Je pensais que tu restais pour un moment.

— Est-ce que Mitch Chapman est là ? demandai-je d'emblée.

Si Johnny disait que c'était un homme dangereux... un métamorphe, alors je le croyais.

— Quoi ? Non. Je suis rentrée d'Ibiza hier soir.

— Le sultan est avec toi ? demandai-je.

Je n'allais pas la déranger, elle et son homme.

— Raj ? Non, ce serait ridicule, on s'est bien amusés, et il est en route pour un concours hippique à Dubaï ou un truc dans le genre.

Exact. Raj avait été à la mode cette semaine, et maintenant, elle passait à autre chose.

— Donc personne n'est là avec toi ?

— Tout est tranquille. Sauf qu'on pourrait être en train de manger de la pâte à cookies et de parler de garçons si t'étais là.

Bonne idée. Ma jumelle me manquait terriblement. Surtout après avoir essayé de la copier ces derniers temps.

— Il ne t'a pas appelée ? demandai-je, inquiète.

— Mitch ? Pourquoi est-ce qu'il m'appellerait ?

— Parce que tu es son intendante.

— De sa maison dans le *Montana*, dit-elle, sa voix m'indiquant qu'elle me prenait pour une idiote. Dans l'une de ses nombreuses propriétés. Il ne se souvient probablement même pas qu'il a une maison ici. Ils sont tous comme ça.

Je n'avais encore jamais rencontré l'un de ses riches employeurs.

— Qu'est-ce qui se passe ? demanda-t-elle.

— Je... je serai là dans deux heures, et je te raconterai tout.

Elle poussa un cri avec son habituel enthousiasme.

— Parfait. J'ai hâte de te voir. Tu ne croiras jamais ce que le sultan et moi avons fait dans son jet privé.

Cela me fit sourire, comme elle le faisait toujours. Lyssa, l'insouciante. Celle qui avait rencontré un sultan d'un pays lointain dont je n'avais jamais entendu parler, qui était allée à Ibiza et qui avait fait quelque chose de probablement assez coquin dans son jet privé. Un jet *privé*. Et elle en riait.

Et puis il y avait moi. J'avais essayé d'être comme elle, et j'avais volé un pickup pour m'enfuir, le cœur brisé, sans soutien-gorge.

31

JOHNNY

Trop agité pour faire quoi que ce soit d'autre, je pris la forme de mon loup et partis courir. Putain !

Merde de merde de merde de merde.

Je n'aurais pas pu déconner plus.

Lyssa pensait que je l'utilisais. Qu'elle ne représentait rien pour moi. Je pouvais tout à fait comprendre comment elle en était arrivée à penser cela. Sauf que… ce qu'elle ne savait pas –ce que j'aurais dû lui dire en premier, bon sang– c'était qu'elle était ma compagne.

Que le destin nous avait réunis. Nous aurions pu nous rencontrer n'importe où, dans n'importe quelle circonstance, et rien ne m'aurait empêché de la séduire. Elle m'était destinée, peu importe ce qui se passait autour de nous.

Si une autre femme avait ouvert cette porte au ranch, je ne l'aurais pas séduite et ramenée chez moi.

Il fallait que j'explique cela à Lyssa. Ou mieux encore–parce que les mots n'avaient pas de valeur–je devais lui prouver d'une manière ou d'une autre.

Mais comment ?

Je courus jusqu'à ce que mes pattes soient toutes écorchées et ensanglantées, ne retournant au ranch que dans l'espoir que Lyssa soit revenue.

Elle n'était pas revenue.

Putain ! Je repris ma forme humaine et fis les cent pas dans le dortoir, toujours nu.

Je voulais l'appeler, mais je n'avais même pas le numéro de téléphone de ma propre compagne. Nous avions échangé en direct et étions restés ensemble à chaque seconde depuis, je n'avais donc pas eu besoin de lui demander ses coordonnées.

J'étais vraiment un imbécile.

Peut-être que le hacker de l'Arizona avait son numéro. Oui, c'était une piste que je pouvais suivre. Après avoir enfilé un jean, je courus jusqu'à la maison du ranch.

— Rob !

Je frappai à la porte latérale et entrai dans la cuisine.

— Il est dans le bureau, me dit Willow, assise à la table de la cuisine. Comment ça s'est passé avec Lys ?

Je la coupai en secouant la tête d'un air furieux.

— Euh, oh... Je suis désolée pour toi.

— Rob !

Je fis irruption dans le bureau de mon alpha. J'aurais

normalement fait preuve de plus de respect, mais j'étais
trop agité pour me souvenir des bonnes manières.

— J'ai besoin de...

Rob était au téléphone. Il leva la main pour me faire
taire.

— J'ai compris. Johnny va se rendre au ranch maintenant. OK.

Aller au ranch maintenant.

Putain ! Ça voulait dire que Chapman était de retour.

Et si ma compagne était là-bas ?

La peur pour ma compagne me traversa si férocement
que je faillis me transformer pour aller la défendre. L'idée
qu'elle puisse être seule avec ce prédateur me donnait envie
de détruire la pièce.

Rob raccrocha et je le regardai fixement, prêt à entendre
les mauvaises nouvelles.

— Nous avons appris que Chapman est en route vers
son ranch. Les hommes de main de la meute des Deux
Marques vont te retrouver là-bas, donc tu ne seras pas seul
pour le neutraliser. Je veux que tu attendes qu'ils soient là-
bas avec toi avant de faire quoi que ce soit.

— J'ai besoin du numéro de Lyssa, dis-je.

Rob fronça les sourcils.

— Tu n'as pas entendu ce que je viens de dire ? Il est
temps de bouger pour Chapman.

— Oui, et je pense que ma compagne est déjà en route.
Peut-être même qu'elle y est déjà. Ça fait quelques heures
qu'elle est partie avec mon pickup. Elle a pété les plombs

parce que je lui ai dit que j'étais un homme de main et que j'essayais de coincer son patron.

Je le regardai d'un air qui signifiait en quelque sorte que c'était sa faute si j'avais dû admettre la vérité. Mais tout reposait sur mes épaules. J'avais tout fait foirer. Je l'avais effrayée. Je l'avais amenée à avoir une piètre opinion d'elle-même et de ce que nous partagions.

Je devais réparer cela plus encore que de trouver Chapman.

Rob souffla.

— Alpha, il faut que je la prévienne, grognai-je, essayant sans y parvenir de garder un ton respectueux. Elle est telle-ment en colère contre moi. Elle n'a pas d'autre endroit où aller dans le Montana. Boyd pense qu'elle est juste en train de se calmer et qu'elle va revenir, mais si c'était ta compagne qui se dirigeait vers le danger, pourrais-tu rester assis et attendre ?

— Bien sûr que non.

— Peux-tu obtenir son numéro de téléphone par ce hacker en Arizona ? Je ne sais même pas comment la préve-nir. Si c'est là qu'elle se dirige.

Il prit un air déterminé et sinistre.

— Oui, je vais le contacter. Mets-toi en route, et je t'en-verrai un message dès que j'ai les infos, ainsi que les coor-données des hommes de main de Deux Marques.

J'étais déjà à la porte et en train de courir avant qu'il ne finisse sa phrase. Il ne me restait plus qu'à récupérer les clés de Boyd et à mettre ma compagne à l'abri d'un éven-tuel danger.

Tiens bon, Lyssa. Je suis en route.

Et rien ne m'empêchera de te prouver ce que tu représentes pour moi.

32

EMMA

Il commençait à pleuvoir quand j'arrivai au ranch de Chapman. Lyssa sortit de la maison dans une sorte de longue robe en soie.

— Emmie !

Je commençai à pleurer dès que j'ouvris la porte du pickup.

— Oh non ! Qu'est-ce qui ne va pas ? me demanda-t-elle en me prenant dans ses bras. Où est le cow-boy sexy ? Tu l'as largué ?

Je n'arrivais même pas à parler, les sanglots m'empêchaient de respirer. J'étais tellement soulagée d'être avec Lyssa, quelqu'un qui connaissait la vraie moi. Qui m'aimait pour qui j'étais. Mais il me semblait aussi que mon cœur s'était fendu en deux. Et j'avais mal pour Johnny. Il me manquait terriblement, comme si le fait d'être partie loin de lui avait déchiré quelque chose dans mon cœur.

Pourtant, il s'était servi de moi. Pire encore, j'avais laissé mon cœur s'impliquer dans notre aventure.

Je ne savais pas si j'étais en colère contre lui ou contre moi-même.

Elle me guida vers la porte d'entrée

— Viens à l'intérieur. Avant que nous soyons trempées.

Nous courûmes à l'intérieur, les bras enlacés, mes larmes se mêlant à la pluie.

— Assieds-toi ici, près du feu.

Lyssa me plaça devant l'âtre géant et appuya sur un bouton pour que les flammes s'allument. Cette cheminée était située dans un petit salon, pas dans l'énorme cheminée de la pièce principale, celle qui avait une cheminée en pierre de rivière sur deux étages. Elle m'enveloppa dans une couverture.

— Je vais nous faire du thé, puis tu me diras ce qui est arrivé au cow-boy sexy et si je dois le traquer et le tuer.

Lorsqu'elle mentionna Johnny–mon cow-boy *loup* sexy– mon cœur se fendit à nouveau d'un coup. Mon Dieu, il me manquait tellement. La douleur d'avoir été utilisée me remplissait de honte, je me sentais humiliée.

Mon téléphone vibra dans mon sac à main, je jetai un coup d'œil au numéro, mais ne le reconnus pas, alors je l'éteignis. J'avais besoin de passer du temps avec ma sœur sans interruption. C'était peut-être Stan à son nouveau travail, et il était la dernière personne avec qui je souhaitais parler en ce moment.

— Alors, que s'est-il passé ? demanda Lyssa en revenant avec deux tasses de thé à la menthe.

Elle se lova à côté de moi sur le canapé, appuyant son épaule contre la mienne en signe de solidarité.

Je m'essuyai le visage et bus une gorgée de thé.

— Oh mon Dieu, c'est une histoire folle. Tellement folle que tu n'y croiras même pas.

— La dernière fois que j'ai eu de tes nouvelles, vous alliez ouvrir la boîte de sex-toys, dit-elle en souriant et en agitant les sourcils.

Au souvenir de cette nuit extrêmement torride, mon estomac se tordit de douleur. C'était ce à quoi je renonçais– l'amant le plus incroyable que j'aie jamais eu.

— Oui, répondis-je en reniflant. C'était génial. C'était vraiment génial jusqu'à ce matin.

— Qu'est-ce qui s'est passé ?

— Il s'est avéré qu'il se servait de moi pour atteindre Mitch Chapman.

Lyssa fronça les sourcils, perplexe.

— Quoi ?

Je bus une autre gorgée de thé chaud. Cela me permit de me calmer et de réfléchir. J'avais tellement de choses à lui dire.

— D'accord, ce que je ne t'ai pas dit, c'est que... je me faisais passer pour toi.

Je détournai le regard, soudain honteuse.

— Comment ça ?

— Je veux dire... que lorsque j'ai ouvert la porte et que j'ai rencontré ce cow-boy sexy qui flirtait avec moi, j'ai eu envie de me sentir sauvage et insouciante. Je voulais être plus comme toi, prendre des risques et coucher avec tous les hommes qui me plaisaient. Alors j'ai dit que j'étais toi.

Lyssa me regarda d'un air perplexe.

— Je ne comprends pas.

— J'ai dit que j'étais Lyssa, l'intendante de ce ranch. Pas Emma.

— Ohhhh. Je vois. Comme en prépa maths. Et il ne s'intéressait à toi que parce qu'il cherchait un moyen d'entrer en contact avec mon patron, c'est ça ? Donc il se servait de toi ?

Un nouveau sanglot me traversa la poitrine et je me laissai aller.

— Oui.

Elle passa son bras autour de mes épaules et me tapota le dos.

— Et puis ? Tu te servais de lui aussi, non ? Tu voulais chevaucher un cow-boy sexy, et tu l'as fait. Vous avez tous les deux tiré quelque chose de cette expérience.

Bien sûr, Lyssa voyait tout cela comme une transaction. De toute évidence, elle n'était pas tombée amoureuse. Pas du sultan qui l'avait emmenée à l'autre bout du monde pour des vacances à la plage. Elle était revenue avec un cœur intact et un joli bronzage. C'était moi qui avais laissé mon cœur se prendre au jeu.

— Écoute. Ce n'est pas parce qu'il te voyait comme un point d'accès à Mitch qu'il ne ressentait rien pour toi. Il y a toujours des choses qui rendent les gens plus attirants. Tu as aimé le côté cow-boy et le corps sexy. Il était attiré par toi, et tu avais l'avantage supplémentaire d'être un point d'accès à Mitch.

Elle haussa les épaules puis ajouta :

— Ce que je veux dire, c'est que ça ne veut pas dire qu'il t'aimait *moins* à cause de ça.

Je réfléchis à ses paroles et m'enfonçai davantage dans le canapé moelleux.

— Peut-être, mais il ne connaissait même pas le vrai moi. Je faisais semblant d'être toi.

Encore une fois, Lyssa plissa le front, perplexe, et me demanda :

— Qu'est-ce que tu entends par là ?

— Je veux dire que je copiais ton comportement. Je n'arrêtais pas de penser, que ferait Lyssa dans cette situation ? Et puis je me comportais de cette façon.

Lyssa écarquilla les yeux et se mit à rire.

— Tu plaisantes ? Pourquoi voulais-tu te faire passer pour moi ? Donne-moi un exemple.

— Comme le fait de l'embrasser dix minutes après l'avoir rencontré. Puis partir avec lui pour aller dans son ranch. Se baigner nue. Monter à cheval. Faire du taureau mécanique. Jouer avec les sex-toys.

L'expression de Lyssa s'adoucit.

— Waouh, tu as été très occupée je vois ! Je suis très flattée d'avoir été ton inspiration dans ta prise de risque dans ta relation. Mais bon sang, Em, c'est moi la jumelle perturbée.

Elle posa la main sur sa poitrine et continua :

— C'est moi qui n'ai pas pu rester à l'université, qui ne

suis pas capable d'avoir un emploi stable, moi sur qui personne ne peut compter pour quoi que ce soit. C'est *toi* que *je* copie quand j'essaie de faire des choix corrects et responsables dans ma vie.

J'émis un petit rire étouffé. Je n'arrivais pas à croire ce que j'entendais.

— Moi ? Pourquoi est-ce que tu le ferais ça ? Tes boulots sont bien mieux payés et bien plus prestigieux que les miens. Sans un patron désagréable comme Stan.

— Et ils se terminent toujours en apothéose.

J'essuyai mes larmes du bout des doigts et ajoutai :

— Il s'avère que Mitch Chapman est un trafiquant de loups et d'êtres humains. Je veux dire un trafiquant de métamorphes.

Lyssa me regarda en clignant des yeux. Elle me fixa pendant quelques secondes.

— Pardon ?

J'agitai les doigts en l'air.

— C'est la partie la plus folle de cette histoire. Il s'avère que le cowboy sexy–il s'appelle Johnny–est en fait un loup. Ce ne sont pas des loups-garous, c'est une espèce différente qui peut passer de la forme humaine à celle de loup. Et Mitch est un de ces loups, mais c'est un grand criminel.

— Hum. Ok, c'est fou. Est-ce que tu as pris des drogues, aussi, pendant que tu me copiais ?

Je secouai la tête.

— Non, bien sûr et il faut que tu démissionnes.

Je jetai un coup d'œil à cette magnifique maison gigantesque.

— Nous devrions partir d'ici avant qu'il ne revienne.

— Il fait du trafic d'êtres humains ?

Je hochai la tête.

— Bon sang... Où est-ce qu'on peut aller ? Le sultan est parti. Tu as toujours ton appartement à L.A. ?

— Oui.

L'idée de retourner à Los Angeles me fit l'effet d'une brique sur la poitrine.

— Et Stan m'a proposé un nouveau poste pour le triple de ce que je gagnais avant.

Lyssa me regarda d'un air dubitatif.

— Tu es sûre de vouloir retravailler pour ce connard ?

— Eh bien, l'une d'entre nous va avoir besoin d'un poste rémunéré pendant que nous réfléchissons à notre prochain plan d'attaque, dis-je d'un air maussade.

Elle retrouva son sourire, même quand la situation était loin d'être joyeuse.

— Tu vois ? Revoilà Mlle Responsable. C'est ce que j'essaie toujours d'être sans jamais y parvenir.

Je ris.

— Tu ne devrais pas. Elle est vraiment terne et ne s'amuse jamais.

— Je crois que tu as parlé d'un taureau mécanique, ça a l'air super amusant. Mais n'oublie pas que Mme Sauvage et Insouciante n'est que plaisir, et zéro substance. Je n'ai littéralement rien acquis dans ma vie. Je crois que j'ai deux cents dollars à la banque.

— Tu as vécu des années d'aventures !

— Mais je n'ai aucune qualification réelle, dit-elle en

secouant la tête. Pas de diplôme universitaire. Pas d'expérience professionnelle. J'invente mes CV en fonction de l'emploi que je cherche.

— Qui se soucie de ce qu'on a sur un papier ? Ce qui compte, c'est le cœur. En prononçant ces mots, je réalisai à quel point mon cœur savait ce qu'il voulait.

Lyssa me regarda comme si elle avait vu le changement qui s'était opéré en moi. Sa voix devint douce et elle prit sa main dans la mienne.

— Qu'est-ce que ton cœur veut, Emmie ?

Je repoussai mes larmes.

— Mon cœur veut Johnny.

En disant cela, les souvenirs de toute la tendresse qu'il m'avait témoignée, de toute l'attention et la sollicitude qu'il m'avait accordées me revinrent à l'esprit. La façon dont il m'avait prise dans ses bras ce matin. Le sentiment d'horreur qu'il avait éprouvé en me mordant la nuit dernière. La façon dont il m'avait portée hors du saloon, sa souffrance quant à ce que j'allais penser de lui pour s'être battu.

Il n'y avait pas eu que du sexe torride–même si le sexe avait été incandescent. Ce que nous avions était réel. Mais j'avais laissé mes propres insécurités me faire croire que ce n'était pas le cas.

Si Lyssa essayait d'être moi parfois, alors peut-être que je ne faisais pas toujours le mauvais choix.

Avec Johnny, j'avais réagi de manière excessive.

Lyssa sortit mon téléphone de mon sac à main et me le tendit.

— Appelle-le.

J'émis un petit rire noir.

— Je n'ai même pas son numéro de téléphone. J'ai volé son pickup, alors je suppose que je peux y retourner.

Elle hocha la tête.

— Oui, retournes-y avec son véhicule. Je suis triste parce que je voulais manger de la pâte à cookies et regarder Gilmore Girls avec toi, mais il faut que tu y ailles.

Puis je me souvins de la situation dans son ensemble.

— Non, tu dois venir aussi, dis-je en me levant d'un bond. Si Johnny était vraiment sérieux à propos de Mitch, alors nous ne devrions même pas être ici. Allez, fais tes valises. Cet endroit n'est sûr pour personne.

Lyssa n'avait pas l'air vraiment inquiète. Je lui attrapai le poignet et la tirai pour qu'elle se lève.

— Je ne plaisante pas. Mitch est un trafiquant de sexe ou un truc du genre. On est peut-être en danger. Dépêchons-nous.

Le crissement des graviers à l'extérieur nous fit nous précipiter toutes les deux vers la fenêtre.

— Oh merde, dit Lyssa, son regard très familier rencontrant le mien.

Un magnifique SUV Jaguar noir venait de se garer devant la porte, juste derrière le pickup de Johnny.

— C'est lui ? chuchotai-je, mon cœur battant la chamade dans ma poitrine.

Elle acquiesça.

— Oui, c'est lui. Mitch est là.

33

JOHNNY

J'APPUYAI à fond sur la pédale d'accélérateur. J'étais presque arrivé au ranch de Chapman.

J'avais essayé d'appeler Lyssa encore et encore, mais je tombais directement sur sa boîte vocale, comme si elle avait éteint son téléphone.

Putain de merde ! Ma compagne était en danger, et chaque seconde où elle était sans moi était une seconde où quelque chose pouvait lui arriver. Mon loup hurlait d'angoisse.

Je ne savais même pas si elle était réellement là-bas, mais mon instinct me disait que j'avais eu raison de venir ici. C'était ce qui m'avait poussé à me montrer brusque avec mon alpha et à confisquer le pickup de Boyd. Elle était à Running Waters. Mon loup le savait.

Mon téléphone sonna, et je me précipitai pour répondre.

— Johnny ? C'est Knox.

Knox était l'un des hommes de main de la meute des Deux Marques, dans le Wyoming. Ils étaient dans la région pour une autre affaire et on les avait appelés quand on avait appris que Chapman partait pour le Montana.

— Travis et moi sommes à la limite de la propriété de Chapman.

— Attendez-moi. Non, merde–Je n'arrivais pas à réfléchir–Je pense que ma compagne, Lyssa, est sur la propriété. C'est l'intendante de Chapman. Nous nous sommes disputés, et je suis presque sûr qu'elle y ait retourné. Je ne veux pas qu'elle soit en danger.

— Putain, entendis-je Travis grommeler. Ça va poser un problème.

— Qu'est-ce que tu entends par là ? criai-je pratiquement.

— Toi, mon pote, dit Knox. Ton loup n'aura qu'un seul objectif : protéger ta compagne. Ce qui est très bien. Maintenant que nous le savons, nous serons là pour prendre le relais. Tu es à quelle distance ?

— Quinze, vingt minutes.

— Tu as un pick-up bleu ?

— Oui.

Je leur donnai la marque et le modèle.

— Nous l'avons vu dans l'allée. Elle est là.

J'étais à la fois soulagé et paniqué. Je mis le pied sur l'accélérateur.

— Ok, écoute. On va prendre notre forme de loup et entrer dans la propriété. On va renifler et se mettre en position près de la maison. Tu arrives et tu frappes à la porte, et on sera là pour te soutenir.

— Compris.

Je mis fin à l'appel et agrippai le volant à pleines mains. Je m'occuperais de Boyd plus tard et des empreintes que je venais d'y apposer.

34

LYSSA

— JE PEUX m'occuper de Mitch, dis-je à Emma. Tu vas dans ma chambre. Il n'a pas besoin de savoir que nous sommes deux.

Elle n'avait pas l'air très enthousiaste à l'idée que nous nous séparions, surtout maintenant qu'on savait de quoi Mitch était capable. Quel sale type.

— Tu es sûre ?

Je hochai la tête.

— Oui, vas-y.

Je la poussai en direction de mes quartiers et me dirigeai vers la porte d'entrée pour saluer mon employeur.

Nous nous étions rencontrés lors d'un vernissage à Santa Fe–je couchais avec l'artiste–un sculpteur sexy que j'avais rencontré à Aspen. Mitch avait flirté avec moi. J'avais aussi flirté avec lui parce que, euh... il était milliardaire.

Il m'avait demandé ce que je faisais dans la vie. Je lui avais répondu que j'avais fait un peu de tout, du mannequinat à l'organisation d'événements. Je lui avais dit que je cherchais essentiellement des emplois qui me permettaient de mener une vie sympa et de côtoyer les gens que j'aimais, et est-ce qu'il avait un emploi à me proposer ?

Il avait adoré ma réponse et m'avait proposé ce poste sur-le-champ.

Aujourd'hui, avec le recul, je me rendais compte que tout cela s'était passé beaucoup trop facilement. Avec une rémunération importante pour ne rien faire. Cette offre excessivement généreuse m'avait permis de séjourner dans son ranch, magnifique mais éloigné de tout.

J'avais pensé qu'il voulait sans doute du sexe. Il ne me plaisait pas, mais j'avais pensé que je le repousserais lorsqu'il déciderait de passer à l'action.

Mais je venais de découvrir que ce type était un trafiquant d'êtres humains !

Et j'allais peut-être être sa prochaine victime. Je voyais clairement combien j'avais été bête. Imprudente. Pourquoi est-ce que je ne pouvais pas faire preuve d'une certaine méfiance à l'égard de la vie, comme Emma ? Peut-être que nous ne nous serions pas retrouvées toutes les deux dans la maison d'un trafiquant si j'avais fait plus attention.

Il m'avait littéralement attirée ici avec son offre d'emploi fictif bien rémunéré.

Je m'étais déjà retrouvée dans des endroits dangereux et

j'avais toujours réussi à m'en sortir. Cette fois-ci n'échappe-
rait pas à la règle. Sauf que je devais aussi protéger Emma.

J'ouvris la porte d'entrée.

— Mitch ! Vous ne m'aviez pas dit que vous veniez, dis-
je en lui faisant un grand sourire.

Il me regarda d'un air renfrogné et passa devant moi
pour entrer dans sa maison.

L'homme charmant qui m'avait engagée avait disparu.

Franchement, je n'aurais pas dû accepter un emploi
chez un homme que je n'avais rencontré qu'une seule fois.
J'avais honte de moi.

— Je ne devrais pas avoir à donner de préavis, me dit-il
d'un ton cassant. Tu devrais toujours être prête à me
recevoir.

— Oh, c'est le cas, dis-je en gigotant.

— Bien. Prenez mes bagages.

Prendre... *ses* bagages ? J'étais quoi, son portier ? Oui,
peut-être, en effet.

Bon, d'accord. Ce n'était pas la peine d'établir des
limites pour un travail que je quittais aujourd'hui. J'avais
atteint ma limite, et c'était d'avoir un employeur qui prati-
quait la traite des femmes.

Je sortis à grands pas et ouvris le coffre de la Jaguar, puis
j'en sortis une valise géante, me cognant les jambes lorsqu'elle bascula à l'extérieur. Je tirai la deuxième valise et la
plaçai à côté de la première pour fermer le coffre. Je tirai les
poignées télescopiques et traînai les deux bagages à l'intérieur de la maison. Au vu de la taille et du poids de ses
bagages, il semblait qu'il allait rester un certain temps.

Mitch était dans le grand salon. Il avait déjà enlevé ses chaussures et était en train de déboutonner sa chemise en plein milieu de la pièce.

— Je suis de mauvaise humeur et j'ai fait un long voyage, dit-il. Déshabille-toi, que je puisse me défouler un peu.

Waouh. La colère me fit rougir jusqu'à la racine des cheveux, mais je ne le montrai pas. J'avais couché avec beaucoup d'hommes. Beaucoup. Et avec des hommes que je ne connaissais à peine. Je ne me forçais jamais. C'était mon choix. Toujours.

Ce qu'il faisait là ? Ouais, ce n'était pas mon genre.

Je secouai la tête.

— Vous pensez que mon travail d'intendante implique que j'aie des relations sexuelles avec vous. C'est bien ça ?

Il ricana en débouclant sa ceinture.

— En effet.

Quel salaud !

Je croisai les bras sur ma poitrine.

— Ça ne se passera pas comme ça.

Emma avait dit que ce type était un loup–je n'étais même pas sûre de croire ce qu'elle m'avait dit parce que c'était complètement dingue–mais je remarquai une lueur bizarre dans ses yeux alors qu'il s'approchait de moi à grands pas.

Je m'éloignai de lui sans lui donner l'impression de vouloir m'enfuir, et me dirigeai vers la cuisine.

— Laissez-moi vous servir un verre, pour que vous puissiez vous détendre.

En un éclair, il se retrouva derrière moi, un bras autour de ma taille, l'autre autour de ma gorge.

— Ça se passera comme ça, et ça se passe maintenant, grogna-t-il.

J'utilisai mes meilleurs mouvements d'autodéfense, lui donnant un coup de coude dans le ventre et lui écrasant brutalement le pied, mais cela ne servit à rien.

— Lâchez-moi !

Je me débattais contre son emprise, commençant à paniquer. J'avais déjà eu affaire à des types aux mains baladeuses. Des ivrognes qui ne comprenaient pas ce que non voulait dire. Mais là, c'était différent. Il m'empêchait de respirer. Putain, j'allais m'évanouir.

Alors que des lumières dansaient devant mes yeux et que le noir envahissait mon regard, je perçus des bruits d'éclats de verre provenant de deux directions distinctes.

Mitch me relâcha, je tombai sur le sol de la cuisine et me frottai la gorge. Deux loups géants se tenaient à l'intérieur de la maison. Bordel de merde. L'un d'eux avait sauté par la porte coulissante en verre et l'autre par le panneau de verre à côté de la porte d'entrée. Ils avaient tous les deux les babines retroussées et montraient leurs dents. Un grognement inquiétant emplit la pièce.

Emma avait eu raison au sujet des métamorphes, mais en les voyant ? Je clignai des yeux, et clignai de nouveau des yeux. Peut-être avais-je perdu quelques neurones après avoir été étranglée.

Mitch grogna et déchira les vêtements qui lui restaient en se transformant en loup gris. Il chargea l'un des autres loups, mais ils se jetèrent tous deux sur lui en un instant. Le combat était un chaos de grognements, de poils volants dans tous les sens et de corps qui s'entrechoquaient. Ils renversaient les meubles et les lampes avec force et fracas.

Puis le combat cessa.

Le loup gris gisait immobile. Sanglant. Sans vie.

Je déglutis difficilement et m'éloignai de tout cela.

— Merde. Vous l'avez tué.

Les deux loups changèrent de forme. Sous mes yeux, ils... ils se transformèrent. Maintenant, deux hommes totalement nus et très beaux se tenaient au-dessus du loup mort.

— Je n'ai pas pu faire autrement, dit l'un d'eux en me regardant.

L'autre essuya du sang autour de sa bouche. C'était répugnant. Vraiment répugnant, putain. Mais aussi... waouh. Ces deux-là venaient de tuer un sale type. Ils m'avaient sauvée.

— C'est toi Lyssa ?

Ils se rapprochèrent tous les deux de moi. Encore une fois, ils étaient nus. Totalement et merveilleusement nus.

— Oui, dis-je en résistant à l'envie de m'éventer. Ce n'était certainement pas le bon moment pour suggérer un plan à trois sauvage, mais c'était la seule chose qui me venait à l'esprit. Surtout quand on voyait à quel point ces types avaient été gâtés par la nature.

Je n'avais jamais fait de plan à trois auparavant. Je n'y avais jamais pensé autrement qu'en lisant un livre d'amour que j'avais pris dans un aéroport pour prendre l'avion. Maintenant, j'avais envie de sexe en duo avec ces deux-là.

Chacun d'eux me tendit sa main. Plutôt que de choisir, je leur tendis la main à tous les deux, et ils me soulevèrent pour me mettre debout.

Aucun des deux ne me lâcha. Ils me fixèrent, se rapprochèrent. Ils inspirèrent.

— Lyssa !

Un autre type–celui-là habillé–surgit par le trou dans la vitre de la porte d'entrée, l'air affolé.

— Oui ?

Il remarqua le loup mort sur le sol et les deux hommes qui me tenaient encore par la main et se précipita vers moi.

— Dieu merci, tu vas bien.

Aux autres hommes, il dit :

— Vous deviez attendre que j'arrive.

— Il étranglait ta compagne, dit l'un de mes sauveteurs nus, mais il fronça les sourcils en prononçant le mot compagne, comme s'il le trouvait déplaisant.

— Ta quoi ? Ta compagne ? demandai-je alors que le nouveau venu se précipitait vers moi.

Oh. Ce devait être Johnny. Bien sûr, il pensait que j'étais Emma. Elle lui avait donné mon nom.

— Attends un peu, Cowboy, dis-je quand il essaya de s'approcher de moi. Je posai ma main sur sa poitrine pour l'empêcher de me prendre dans ses bras. Tu te trompes de jumelle. Tu cherches Emma.

Il recula, les narines dilatées. Son regard se porta sur mon cou et il fronça les sourcils encore plus davantage.

— Une jumelle ?

— Ah, ça explique tout, dit l'un des dieux à mes côtés. Sa main commença à caresser mon bras nu. Doucement, mais cela me fit frissonner.

— Qu'est-ce que cela explique ? demanda Johnny en les regardant l'un après l'autre.

Il ne comprenait toujours pas que je n'étais pas la femme dont il était manifestement amoureux. Que je n'étais pas Emma. Je lui ressemblais peut-être, mais c'était tout.

— Cela explique pourquoi celle-ci sent l'odeur de *notre* compagne, dit l'un des deux hommes/loups.

L'autre grogna.

Oh, ciel...

35

EMMA

— Johnny !

Je n'avais été séparée de cet homme que pendant quelques heures, mais je ressentais viscéralement le soulagement d'être à nouveau près de lui. Comme si mon corps célébrait sa présence.

Johnny se retourna pour m'accueillir.

— Lyssa !

Il se précipita vers moi par la buanderie. J'étais sortie de la chambre de Lyssa quand j'avais entendu du verre se briser. J'avais vu deux loups se battre avec un loup gris, puis le tuer. Et les loups qui s'étaient transformés n'avaient d'yeux que pour Lyssa.

— C'est Emma, en fait, avouai-je finalement.

Il hésita un instant, puis reprit :

— Ok. Emma. Je me fiche de ton nom, ou pour qui tu travailles, ma belle. Ou pourquoi il y a une femme qui te ressemble trait pour trait dans la cuisine. Je t'aime. Tu es ma femme, ma seule et unique. Ma compagne.

J'enroulai mes bras autour de son cou et le laissai me soulever, mes jambes s'enroulant autour de sa taille. Je le serrai fort, ne voulant pas le laisser partir.

Il me transporta dans la chambre, loin du loup mort dans le salon. Et des deux hommes nus que j'avais vus tenir les mains de ma sœur.

Quelle surprise.

Elle était toujours prête. Deux loups avaient brisé des vitres et en avaient tué un autre, et maintenant, c'était elle qui les avait pris au piège.

Il s'assit sur le lit, et je me mis à califourchon sur ses genoux.

— Je suis désolée, dis-je à Johnny. J'ai réagi de façon excessive. J'ai eu l'impression que tu t'étais servi de moi.

Son nez remonta le long de mon cou, me humant.

— Putain, je n'aurais pas dû me servir de toi. Ou faire en sorte que tu le ressentes de cette façon. Je suis vraiment désolé.

Je secouai la tête, déglutissant difficilement.

— J'ai... peut-être empiré les choses pour toi avec Mitch.

Il fronça les sourcils.

— Comment ça ?

— À la source thermale, quand tu voulais que je l'appelle. Je ne connaissais pas son numéro. Je suis Emma, pas Lyssa, tu te souviens ? dis-je les yeux pleins de larmes. J'ai menti. Je veux dire, j'ai vraiment menti quand j'ai fait semblant de l'appeler. Je ne savais pas qu'il était dangereux. Ou que...

— Chut, ne t'inquiète pas.

Je secouai la tête.

— Tu ne peux pas me pardonner aussi facilement.

— Je ne t'ai pas dit que j'étais un métamorphe. Et un homme de main. Et je t'ai marquée. Et il y avait aussi le fait que ton faux patron était vraiment dangereux et un sale type. Je crois qu'on a menti tous les deux, non ?

Je reniflai puis hochai la tête.

— Maintenant, raconte-moi pour ta jumelle, parce que ça, c'est une surprise.

Je hochai la tête.

— Mais... pourquoi as-tu dit que tu étais Lyssa ?

Je soupirai.

— C'est elle qui avait le travail ici. J'ai vraiment quitté mon travail à L.A. et je suis venue ici pour lui rendre visite. Puis elle est partie avec un type à Ibiza. Quand tu es arrivé, je me suis fait passer pour elle. En prenant son identité, j'ai pu agir plus comme elle. Être plus sauvage et plus dingue.

Il fronça les sourcils, déconcerté.

— Comme quoi ?

— Comme sortir avec toi. Partir avec toi. Se baigner à poil. Les sex-toys. Tout ça. Je ne suis pas impulsive d'habitude. Je suis très conservatrice. Je ne sors pas avec des gars que je ne connais pas et je ne prends pas de risques comme ça.

Je dus détourner le regard lorsque j'avouai ma plus grande peur.

— Je... je ne sais pas si tu aimeras Emma. Elle est très terne à côté.

Je m'attendais à ce que Johnny dise quelque chose de gentil, mais au lieu de cela, il éclata de rire. Mon regard revint vers le sien.

— C'est drôle ?

Il se reprit tout de suite.

— Non, chérie. Je suis désolé. C'est juste que je ne t'ai pas encore expliqué quelque chose. Quelque chose d'énorme. À propos de nous.

Je me figeai. Retins mon souffle. Qu'est-ce qui pouvait être énorme à propos de nous ? Qu'est-ce qu'il pourrait y avoir d'autre ?

— Tu te souviens quand je t'ai demandé si tu croyais au destin ?

J'acquiesçai.

Johnny avait l'air si sérieux. Un peu nerveux. Beau comme un dieu. J'effleurai sa mâchoire rugueuse.

— Eh bien, chaque loup a une compagne ou un compagnon prédestiné. Ils sont difficiles à trouver parce qu'ils peuvent être n'importe où sur la planète, mais ceux qui ont de la chance se retrouvent l'un l'autre. Quand nous rencontrons notre compagne, nous la connaissons grâce à son odeur.

Mon cœur se mit à battre à tout rompre dans ma poitrine. Qu'est-ce qu'il était en train de me dire ?

— Quand tu as ouvert cette porte il y a trois jours et que j'ai senti ton odeur, j'ai tout de suite su que tu étais la mienne.

Je clignai des yeux.

— *Oh.*

— Alors tu vois, ça n'aurait pas eu d'importance que tu travailles pour Chapman ou pour le gouverneur ou que tu sois au chômage. Cela n'aurait pas eu d'importance si tu avais dit que tu t'appelais Mickey Mouse. J'allais faire tout ce qui était en mon pouvoir pour te faire comprendre ce que je savais déjà, à savoir que nous étions faits l'un pour l'autre.

Des larmes perlèrent sur mes yeux et mes lèvres s'entrouvrirent.

— Et si... Lyssa avait ouvert la porte ?

— Ta sœur ?

Il secoua la tête.

— Non, ce n'est pas la bonne. Mais j'ai eu l'impression que Knox et Travis pensaient que c'était la leur.

— Tous les deux ? m'exclamai-je.

Il acquiesça.

— Ils viennent de la meute des Deux Marques, dans le Wyoming. Une race légèrement différente. Ils s'accouplent par paires.

Je ris.

— Eh bien, il faudra bien qu'il soit deux pour focaliser son énergie !

Johnny rit avec moi, puis se ravisa.

— Tu pensais vraiment que je préférais Lyssa ? Ou que ce que nous avions n'était pas réel, et que je t'utilisais juste pour atteindre Chapman ?

Je déglutis.

— Oui, c'est ridicule, je sais. J'ai... j'ai juste eu peur.

Il caressa mes cheveux et les écarta de mon visage.

— Oui, moi aussi. J'avais peur de te perdre.

Je posai mes lèvres sur les siennes, les caressant doucement.

— Eh bien, ce n'est pas le cas.

Il frotta ses lèvres l'une contre l'autre, comme pour savourer mon goût.

— Il y a encore une chose que je ne t'ai pas dite.

— Qu'est-ce que c'est ?

— La nuit dernière, quand je t'ai mordue ?

— Oui ?

— Quand un loup mâle rencontre sa compagne, il la marque de son odeur pour que les autres loups sachent qu'elle a été revendiquée. C'est bête, mais c'est dans notre ADN, on ne peut pas s'en empêcher. Je ne voulais pas te marquer, mais je me suis laissé emporter à cause de la pleine lune.

Je touchai la petite croûte sur mon cou.

— Ça ? Tu m'as marquée ici ?

Il acquiesça.

— Oui, c'est ça. Un sérum enduit nos dents et s'incruste dans ta peau. Donc tu portes mon odeur maintenant.

Je portais son odeur.

— Je suppose que c'est la version loup de la bague de fiançailles ?

Il rit.

— Je suppose que oui.

— Et moi, j'ai le droit de te marquer ?

Le sourire de Johnny était plus lumineux que la lune.

— Es-tu en train de dire que tu es d'accord avec tout ça ? Tu es d'accord avec le fait d'être à moi ?

Je souris aussi.

— Ça veut dire que tu es à moi donc ?

— Pour la vie, chérie. Les loups s'accouplent pour la vie. Tu es mon objectif maintenant. Te garder en sécurité et te satisfaire, c'est tout ce qui m'importe.

Eh bien.

Dans cette optique, qui se souciait vraiment de savoir s'il m'avait utilisée pour obtenir des informations sur Chapman ? Ce type avait été dangereux, et je remerciais le ciel que Johnny ait fait tout ce qui était en son pouvoir pour le retrouver.

— Le loup gris là-bas, c'est Chapman ?

— Oui, mais ce n'est pas moi qui l'ai achevé. Knox et Travis se sont battus avec lui avant que je n'arrive. Il étranglait ta sœur au vu des marques sur son cou.

Je descendis des genoux de Johnny.

— Oh mon Dieu ! Je dois aller voir si elle va bien.

— Oui, bien sûr. Désolé, ma chérie. Je devais d'abord vérifier que tout allait bien entre nous.

Je passai mes doigts dans ceux de Johnny et nous nous dirigeâmes vers le salon, avant de nous arrêter.

— Euh, oui. Elle m'a l'air d'aller bien, marmonnai-je, et Johnny m'attira dans ses bras.

Lyssa était dans la cuisine, prise en sandwich entre les deux métamorphes nus, en train de les embrasser tous les deux. *En même temps !* L'un l'embrassait pendant que l'autre se tenait derrière elle, une main entre ses cuisses, l'autre sur son sein à travers sa robe longue.

— Ouais. Plutôt pas mal.

Johnny et moi étouffâmes nos rires en marchant à reculons vers la chambre à coucher. Dès que nous eûmes fermé la porte, nous éclatâmes de rire. C'était bon de rire avec lui, toute la tension et l'angoisse de la journée se libérant dans l'air. En expulsant le vieil air, nous remplissions nos poumons d'oxygène qui nous régénérait.

Avec une nouvelle compréhension de qui nous étions ensemble et séparément.

Pour un nouveau départ.

— Ce sont ses compagnons ?

— Absolument. Je t'aime, Lys–je veux dire, Emma–Oh ! dit Johnny avec un sourire. Maintenant je sais pourquoi tu voulais que je t'appelle *chérie* au lit !

Je ris.

— Oui, je ne voulais pas que Lyssa s'immisce dans nos moments d'intimité.

Johnny pointa la porte du doigt.

— Comme nous venons de nous immiscer dans le leur ?

Nous repartîmes pour une crise de fou rire.

Lorsque nous nous calmâmes, Johnny passa ses

phalanges sur ma joue. Ses yeux noirs croisèrent les miens et soutinrent mon regard.

— Je t'aime, Emma. Je sais que j'ai encore beaucoup à apprendre sur toi et sur la façon de te rendre heureuse, mais je te suis entièrement dévoué. Je suis ton homme, quoi qu'il arrive. Pour toujours.

36

JOHNNY

Q<small>UAND UN</small> <small>MÉTAMORPHE</small> mourait sous sa forme de loup, il ne redevenait pas humain. Prouver la mort de Chapman aux humains était donc un vrai problème, mais ce n'était pas notre problème. Le Conseil des métamorphes s'occuperait des retombées de l'échec de la capture. Il avait tenté de tuer une humaine et, plus important encore du point de vue du Conseil, la sœur de ma compagne marquée. Ce seul fait justifiait une condamnation à mort.

Knox, Travis et moi avions transporté le corps de Chapman dans un champ éloigné pour laisser les buses s'en occuper. Le Conseil avait immédiatement envoyé quelqu'un pour réparer les vitres brisées de la propriété. Dès que Lyssa et Emma eurent fait leurs valises et que la maison fut remise en ordre, nous partîmes pour Wolf Ranch. Tous les cinq.

Emma et Lyssa n'étaient pas prêtes à se séparer, et il était hors de question que Knox et Travis perdent leur compagne de vue, alors je les avais invitées au ranch. Une fois arrivés au dortoir–où le trio resterait pendant leur séjour–nous avions bu quelques bières et mangé les hamburgers à emporter que nous avions achetés sur le chemin du retour.

Je m'étais installé confortablement pour en apprendre davantage sur ma compagne et sa sœur, pendant que Knox et Travis les interrogeaient au cours du dîner, avides des moindres détails. Apparemment, Lyssa avait déjà entendu parler du fait que nous étions des loups– Emma le lui avait dit juste avant notre arrivée–et elle semblait ouverte à l'idée d'appartenir à deux hommes. Je ne savais pas si c'était parce qu'elle aimait agir de manière sauvage et impulsive, comme le fait de coucher avec deux hommes en même temps, et je n'étais pas sûr qu'elle comprenne encore parfaitement tout ce que cela impliquait. Ses compagnons seraient là pour l'aider à comprendre. Et s'occuperaient bien d'elle. Elle cesserait de vivre ici et là.

J'espérais qu'elle aimerait les hivers dans le Wyoming.

Elles parlèrent de leur enfance à Pittsburgh, de leurs parents qui y vivaient encore, et des jeux qu'elles faisaient à l'école en échangeant leurs places.

— Lyssa est celle qui est extravertie, il est donc logique qu'elle ait deux compagnons, s'exclama Emma en riant.

— Tu es extravertie, ma puce ? Knox avait installé Lyssa sur ses genoux.

Elle avait les jambes allongées sur les genoux de Travis, de sorte qu'elle touchait les deux.

Lyssa acquiesça puis sourit, n'ayant pas honte de l'admettre :

— Je suis difficile à canaliser.

— Oh, on va s'occuper de toi, mon ange, promit Travis en caressant une longue mèche des cheveux bruns de Lyssa. Ce ne sera jamais compliqué pour nous.

Je croisai le regard d'Emma.

— Et tu seras toujours assez pour moi, lui dis-je, et je vis ses joues rougir.

— Aux jumelles les plus belles et les plus intelligentes qui aient jamais marché sur cette terre, dit Knox en levant sa bouteille de bière.

— À la vôtre !

Je levai la mienne, et nous fîmes tinter les bouteilles et bûmes tous ensemble.

— Et maintenant, j'ai désespérément besoin d'un peu de temps seul avec ma compagne, et je suis sûr que vous aussi.

Je me levai et soulevai Emma du canapé, la balançant dans mes bras.

Elle émit un petit cri, puis se mit à rire.

— Le dernier à faire jouir sa compagne est l'œuf pourri du panier.

Je me précipitai dans la chambre à coucher alors que dans la pièce principale, tout le monde se mit à rire.

— Défi accepté ! dit Travis en criant derrière nous.

Je portai Emma dans notre chambre et fermai la porte d'un coup de pied. Je l'aidai à se mettre debout, en gardant nos corps en contact permanent. J'entendis les voix de Knox et de Travis, puis le rire de Lyssa. Ensuite, une porte se referma avec fracas.

— Enfin, je peux t'avoir pour moi tout seul, murmurai-je.

Elle leva les yeux vers moi, je voyais son regard chaleureux, ses lèvres pulpeuses entrouvertes. Je sentais déjà son excitation.

— J'ai l'impression que ça fait une éternité que tu as quitté ce lit.

La douleur que j'avais ressentie ce matin lorsqu'elle était partie, réapparut, mais avec une intensité plus faible. Il s'était passé tellement de choses depuis. Je voulais tout effacer, revenir à Emma et moi. À nous. Ensemble.

Pas de sœur jumelle surprise.

Pas de métamorphe déviant.

Pas de secrets.

— Moi aussi, chuchota-t-elle.

Je pris son visage dans mes mains.

— Ne m'abandonne plus jamais, la suppliai-je, mes pouces caressant sa peau douce. Reste et communique. Nous pouvons toujours arranger les choses.

Elle acquiesça et défit rapidement ma chemise. Elle avait autant envie que moi que nous soyons nus.

— J'ai eu peur. Je te comprends maintenant. Je suis à l'aise avec toi.

Je passai ma main dans son dos et lui pressai les fesses.

— Moi aussi, je suis à l'aise avec toi.

Elle rit.

— On dirait que tu n'as plus le choix. Maintenant que tu m'as mordue.

Je souris.

— C'est vrai, mais il y a tellement de choses qui entrent en jeu. Il y a mon ADN, mon côté loup qui me pousse à te garder près de moi, à te protéger, à subvenir à tes besoins, à te donner du plaisir...

Je fronçai les sourcils et poussai un petit grognement.

Elle frotta son corps contre le mien et sourit.

— Mmm. J'aime ce bruit.

— Mais il y a aussi le côté humain. Cette partie de moi tombe de plus en plus amoureux de toi à chaque minute. Je ne l'ai pas dit avant, ma chérie. Je t'aime. Je t'aime. Oui, tu es ma compagne, mais mon cœur est à toi.

Ses yeux se remplirent de larmes.

— Je t'aime moi aussi, murmura-t-elle.

Elle avait ouvert ma chemise et faisait glisser ses mains sur mon torse nu.

Ma bite, déjà à moitié dure, s'épaissit douloureusement contre ma fermeture éclair.

Je voulais y aller doucement avec elle cette fois-ci. La pleine lune et le besoin de la marquer ne me rendaient plus fou. Il semblait qu'un petit coup de dent avait suffi à incruster mon odeur dans sa peau et à satisfaire mon désir, ce qui, franchement, était un soulagement. Marquer une humaine pouvait être dangereux et était manifestement douloureux pour elle, puisqu'elle ne guérissait pas instantanément comme nous le faisions.

Cette fois-ci, je pouvais savourer le fait de toucher Emma, d'apprendre à connaitre chaque centimètre de son corps. Chaque gémissement. Chaque soupir. Chaque halètement. Chaque petit cri. Je lui passai son tee-shirt pardessus la tête et le jetai par terre.

Elle commença à déboutonner mon jean.

Je dégrafai son soutien-gorge, grognant lorsque ses gros seins se libérèrent. Avant que je puisse baisser la tête pour les adorer, Emma se mit à genoux, tirant mon jean et mon boxer pour les descendre.

La voir devant moi, me regardant à travers ses longs cils, était la chose la plus sexy que j'aie jamais vue.

— Oh, merde.

Elle me sourit et saisit mon sexe en érection.

Je retirai mon jean et mon boxer de mes chevilles pour les écarter de son chemin. Elle sortit sa langue et rapprocha mon gland.

Il suffit d'un seul contact avec sa bouche humide pour que mes couilles se resserrent. Je gémis, caressant ses cheveux soyeux avec mes doigts.

Elle ne bougeait pas la langue mais frottait mon gland contre elle. La sensation alternée de sa langue chaude et de l'air frais me rendait fou. Surtout lorsqu'elle poursuivit ses attentions en engloutissant toute ma bite dans sa bouche et en la laissant s'enfoncer en profondeur.

— Putain, soufflai-je.

J'étais en train de mourir.

C'était si bon.

Je passai ma main dans ses cheveux et les utilisai pour la guider d'avant en arrière, lentement et profondément. Elle me massa les couilles, puis se retira et les suça, ce qui me fit presque exploser de plaisir.

— Bon sang, ma chérie. C'est tellement bon. Tu me tues, Emma.

Oh, dire son vrai nom était le plus doux des sons.

Elle me sourit.

— C'est le but.

Elle poursuivit sa délicieuse torture jusqu'à ce que je sois sur le point de jouir dans sa gorge, puis je l'arrêtai.

— C'est mon tour, ma chérie.

Je la relevai, la soulevai par la taille et la jetai au centre du lit.

Elle rit :

— Tu te la joues. Maintenant, je sais pourquoi tu es si fort. Ce n'est pas seulement parce que tu lances des bottes de foin dans un ranch.

— Ça te plaît ? lui demandai-je en me jetant sur elle et en lui enlevant son pantalon de yoga et sa culotte.

— J'adore ça.

Je m'accroupis au-dessus d'elle, prenant un moment pour contempler ma compagne nue. Elle était exquise. Elle avait la peau douce et de jolies courbes. Elle était magnifiquement ouverte pour moi.

Elle soutint mon regard quand le bout de son doigt glissa entre ses jambes.

— C'est là que tu veux que je sois, chérie ?

Elle hocha la tête.

Je poussai ses genoux jusqu'à ses épaules, écartant sa chatte pour ma bouche. Puis, je saisis ses poignets et remontai ses mains jusqu'à ses seins.

— Joue avec tes mamelons pendant que je lèche ta jolie chatte.

— Oui, monsieur, dit-elle doucement.

Ensuite, je me mis au travail.

37

EMMA

J<small>E N'AVAIS JAMAIS FAIT</small> confiance à personne autant qu'à
Johnny. Pas même à Lyssa. Je me sentais incroyablement en
sécurité avec lui. Tellement câlinée. Tellement chou-
choutée en ce moment. Et si excitée.

Sa langue léchait chaque goutte qui, je le savais, coulait
de moi. Puis il effleura mon clito avec sa langue et y mêla
ses doigts. Auparavant, nous avions tous les deux été pris
d'un besoin frénétique. Cette fois-ci, c'était tout aussi char-
nel, mais différent. Plus doux. Plus torride.

Nos pensées n'étaient pas obscurcies par le désir.

Oh, c'était vraiment excitant, mais c'était... de l'amour.

— J, soufflai-je en attrapant ses cheveux et en l'attirant vers moi. Lorsqu'il recourba un doigt, je poussai
un cri.

— Ça fait un, chérie, dit-il en embrassant mon corps jusqu'à ce qu'il atteigne ma bouche.

Nos langues s'entremêlèrent et je sentis le goût épicé de mon désir.

— S'il te plaît, le suppliai-je en ondulant mes hanches.

Son gland était tout près, et je voulais qu'il soit en moi.

— Ma petite gourmande, dit-il, puis il s'enfonça profondément en moi, me remplissant complètement d'un seul coup de reins, long et continu.

— Oh, oui.

Il resta profondément enfoui en moi, planant au-dessus de moi.

— Regarde-moi, Emma.

J'ouvris les yeux et croisai ses yeux noirs.

— C'est maintenant que je t'aurais marquée. Je t'aurais mordu le cou et t'aurais fait mienne. Tu étais à moi dès le moment où tu as ouvert la porte d'entrée à Falling Waters, mais la morsure aurait rendu cela définitif.

— Oui.

Il baissa la tête et lécha cet endroit.

— Tu es à moi. Tu l'as toujours été. Il fallait juste qu'on se trouve.

Ses mots romantiques me firent monter les larmes aux yeux. J'acquiesçai.

Mais le romantisme ne fut soudain plus au rendez-vous. Son désir était trop grand. Je compris car je devins impatiente qu'il me prenne. Les genoux écartés, il se mit à me baiser en longs coups de boutoirs bien dosés. Profondément. Avec force. Puis encore plus fort.

Une tête de lit claqua contre un mur, et nous réalisâmes que ce n'était pas la nôtre.

Lyssa était avec ses compagnons. J'espérais qu'elle ressentait la même connexion que celle que je partageais avec Johnny, parce que c'était le genre de bonheur le plus incroyable qui soit. Un épanouissement total.

Quand il glissa ses doigts entre nous et que son pouce trouva mon clitoris, il me fit jouir. Me fit crier.

Il nous fit remporter le pari de savoir laquelle des deux sœurs serait la première à jouir.

Peu importait, de toute façon. Je savais que parce que j'appartenais à Johnny, je serais toujours la première pour lui.

38

JOHNNY

Le soleil commençait à se coucher derrière la montagne, l'air du soir devenait de plus en plus frais : Emma et moi marchions main dans la main en direction du feu de joie annuel de la meute. Les adolescents de la meute avaient ramassé assez de bois pour faire durer le feu jusqu'à tard dans la nuit. Ils allaient s'amuser jusqu'à l'aube. J'avais été comme eux quelques années auparavant, à boire avec mes amis métamorphes. À faire des trucs stupides.

Maintenant, je serais l'un des premiers à aller me coucher. Non pas parce que j'étais vieux et fatigué, mais parce que j'avais ma compagne marquée exactement là où je la voulais et que traîner autour d'un feu de joie n'était pas ce que j'avais en tête.

Mais je devais laisser ma compagne se reposer. Après

notre retour à Wolf Ranch, je l'avais gardée dans ma chambre pour les deux jours que nous n'avions pas vraiment eus la première fois. Emma–oui, EMMA–et moi avions parlé, baisé, mangé de la nourriture que quelqu'un de la maison principale avait déposée, fait l'amour et... fait toutes les choses que de nouveaux compagnons étaient censés faire.

Nous n'avions pas eu besoin d'aller bien loin. Le feu se trouvait derrière la grange, près du ruisseau, dans la même partie dégagée du terrain où nous faisions nos pique-niques de meute. En balayant rapidement du regard les gens présents, je m'aperçus que la plupart des membres de la meute étaient déjà là. Il y avait de la nourriture en abondance, un haut-parleur diffusait de la musique et tout le monde était d'humeur joyeuse.

Emma me serra les doigts. Je m'arrêtai et me tournai vers elle.

— Ça va ?

Son joli visage était empreint d'inquiétude.

— Est-ce qu'ils vont être fâchés ?

Je regardai sa sœur par-dessus son épaule, flanquée de ses compagnons de la meute des Deux Marques.

— Je pense qu'ils vont être très surpris et j'ai hâte de voir la tête qu'ils vont faire. Allez, viens.

Elle n'était plus très sûre que ma meute l'accepte après avoir fait croire à tout le monde qu'elle était quelqu'un d'autre. Je comprenais pourquoi, surtout depuis que j'avais rencontré Lyssa. Elle avait vraiment besoin de deux compagnons pour s'occuper d'elle.

Je trouvai facilement Rob et Willow et allai les voir en premier.

— Bonsoir, dis-je en passant mon bras autour des épaules d'Emma.

Rob jeta un coup d'œil entre nous, j'étais incapable de lire son expression. Willow, elle, souriait jusqu'aux oreilles. Je l'avais mis au courant de ce qui s'était passé au ranch Chapman juste après les faits. Enfin, juste après avoir fait l'amour à Emma pour la première fois. Mais c'était la première fois que nous étions face à face depuis notre retour.

— Alpha, j'aimerais... commençai-je à dire, mais Emma me coupa dans mon élan.

Elle prit une grande inspiration et releva le menton.

— J'aimerais me présenter à nouveau. Je suis désolée de vous avoir menti, à tous les deux. Je suis Emma Lane. Ma sœur, Lyssa, est ici quelque part.

— Je suis là ! lança Lyssa de sa voix enjouée et joyeuse.

Elle s'approcha et se plaça à côté d'Emma.

Même si elles étaient de vraies jumelles, il m'était facile de faire la différence. La plus évidente étant le bronzage de Lyssa dû à son séjour à Ibiza, mais aussi sa personnalité. Elle était plus audacieuse. Il y avait aussi des différences physiques plus subtiles, comme la bouche d'Emma qui me semblait légèrement plus pulpeuse. Je ne pourrais jamais les confondre.

Ma marque le garantissait. Emma était imprégnée de mon odeur.

— Vous avez fait sensation toutes les deux, commenta Rob.

Lyssa fit un geste de la main.

— Je pense que vous vous sentez un peu bête parce que, pour une fois, quelqu'un vous a dupés. Nous garderons le secret des métamorphes bien sûr.

— Lyssa, grogna une voix grave derrière nous.

Knox passa un bras autour de la taille de la jeune femme, l'attirant fermement contre lui.

— On ne manque pas de respect à un alpha, murmura-t-il contre son oreille.

— Ce n'est pas un manque de respect, c'est juste une remarque, répondit-elle.

Son autre compagnon, Travis, les rejoignit. Ils ne l'avaient pas encore marquée, mais ils le feraient bientôt. Probablement ce soir, au vu de leur attitude à tous les trois.

Je jetai un coup d'œil à Rob, craignant qu'il ne se mette en colère ou qu'il ne lui arrache la tête, ou tout ce que les alphas faisaient dans des moments pareils. Il releva le coin de sa bouche, ce qui me détendit.

— Dis-nous, *honnêtement*, ma compagne, ce que tu penses de ce plug dans ton cul ? chuchota Knox près de son oreille. Avec mon ouïe de métamorphe, je ne pouvais pas ne pas entendre la question.

— Ce sera différent quand tu auras le cul tout rouge après avoir reçu une fessée pour calmer ton insolence.

Pour une fois, Lyssa rougit, mais j'eus l'impression qu'elle aimait la réprimande.

— Désolée, Alpha, dit-elle avec éclat. Merci de nous avoir invités au feu de joie de votre meute.

À travers ses cils, elle jeta un coup d'œil à Knox, attendant quelque chose.

Il lui sourit.

— Gentille fille, murmura-t-il en passant la main sur ses cheveux.

Je pressai doucement la hanche d'Emma.

39

EMMA

Je souris et me penchai pour sentir Johnny contre moi.

J'étais à la fois stupéfaite et émerveillée que ces deux hommes aient apprivoisé ma sœur. Pas sa fougue, mais il semblait que pour une fois, on la désirait pour elle. Pas pour le sexe. Pas pour son joli visage. Elle n'avait pas besoin d'agir de manière sauvage pour attirer l'attention ou pour repousser une situation sérieuse.

Ces hommes, ces métamorphes, désiraient Lyssa telle qu'elle était. Elle n'avait rien à leur prouver, tout comme je n'avais rien à prouver à Johnny.

Il se fichait que je sois la plus calme. La plus docile.

Elle tourna la tête et regarda Rob :

— Je n'ai pas dit à Rob que je faisais partie du FBI, dit Willow. J'ai même fait semblant d'être Natalie. Il ne m'a pas dit qu'il était un métamorphe. Tous les frères Wolf ont dû mentir et garder des secrets, ne pas tout raconter à leurs compagnes. Il a juste été dupé–elle fit un clin d'œil à son compagnon après avoir utilisé l'expression de Lyssa–votre histoire de jumelles a bluffé tout le monde.

Rob passa une main sur sa nuque. Était-ce une démangeaison ou un signe d'inconfort ? Je ne pensais pas le savoir un jour.

— Notre compagne nous accompagnera demain sur le territoire de notre meute dans le Wyoming, dit Travis, coupant court à mes pensées.

Rob secoua la tête.

— Vous êtes les bienvenus ici aussi longtemps que vous le souhaitez.

Il jeta un coup d'œil entre moi et Lyssa et ajouta :

— On voit bien les différences entre vous deux maintenant.

Je ne savais pas si c'était un compliment ou non.

— J'adore le fait que vous soyez jumelles, s'exclama Marina en s'approchant de moi et en me serrant dans ses bras.

Elle sentait la vanille. Je ne savais pas si elle savait qui elle prenait dans ses bras, moi ou Lyssa, mais le fait d'être dans les bras de Johnny rendait probablement les choses évidentes.

Wes était avec elle, tenant la main d'une petite fille. Il ne souriait pas comme Marina. La petite fille nous regarda les yeux écarquillés, elle n'avait peut-être jamais vu de vraies jumelles auparavant. Je lui fis un petit signe du doigt.

— Voici ma sœur Lyssa.

Je présentai Marina et Wes à tout le monde, et les hommes se serrèrent la main.

— Viens, dit Marina en prenant la main de Lyssa. Colton et Boyd sont sur le point d'allumer le feu de joie. Allons faire une blague à quelques personnes.

Lyssa ne se tourna même pas vers moi, mais vers ses deux compagnons, très grands et très autoritaires. Leur demandait-elle la permission ? Quand ils hochèrent la tête, elle fit un grand sourire et se laissa entraîner par Marina.

Knox, Travis et Wes se lancèrent dans une conversation sur les coléoptères du pin et une sorte de maladie des arbres.

— Tout se passera bien pour ta sœur, me chuchota Johnny à l'oreille.

— Est-ce que c'est une bonne chose pour elle ? Je veux dire, je ne l'ai jamais vue... être soumise à un homme, et encore moins à deux, lui répondis-je en chuchotant.

— Ils s'occuperont d'elle comme il faut.

Son nez se posa sur mon cou, me donnant la chair de poule.

— Tout comme je m'occupe de toi. Dis-moi, ma compagne, de quoi as-tu besoin ce soir ? Tu veux des menottes ? Hum, murmura-t-il. Peut-être que je vais les attacher, pour que tu sois coincée, le cul en l'air, les mains et les jambes immobilisées.

Je n'arrivais pas à me représenter ce qu'il disait, si ce n'était que j'aurais *le cul en l'air*.

— Peut-être que tu as besoin de ma bite dans ton cul.

Je me tortillai doucement. Il avait déjà utilisé le plug suffisamment souvent pour savoir que j'aimais ça. Mais sa bite en moi ?

À cet endroit ?

Je me contractai, rien qu'à y penser.

Johnny gloussa.

— Attention, compagne, je peux déjà sentir l'odeur de ton excitation.

Je me penchai vers lui. Quelle que soit l'aventure qu'il me réservait, je savais que ce serait incroyable.

Ce qui était encore plus incroyable, c'était que notre relation serait éternelle. Comme un couple marié, mais en plus permanent. Sans possibilité de divorce.

— Nous devrions acheter une bague pour toi, lançai-je, revenant à ma question sur la façon dont je pourrais le marquer.

Si tous les métamorphes pouvaient sentir son odeur sur moi, je voulais qu'il y ait quelque chose sur lui pour dire à toutes les femmes qu'il était pris, lui aussi.

Johnny sourit.

— Tu me demandes en mariage, Emma ?

Je lui souris à mon tour.

— Oui, je crois que c'est le cas. Je veux que tu portes ma bague. Pour que les autres femmes sachent que tu es pris.

— J'en serais très honoré, chérie.

Il porta ses doigts à ses lèvres et siffla si fort que je me plaquai les mains sur les oreilles.

— Hé, tout le monde ! Nous avons une annonce à faire ! Emma vient de faire sa demande en mariage !

Quelques jeunes métamorphes avaient l'air perplexe–sans doute parce que le mariage ne faisait pas partie de leur culture–mais le reste de la foule rit et applaudit.

Il leva le dos de sa main droite en l'air.

— Je lui ai dit que j'étais d'accord pour qu'elle me mette la bague au doigt.

— C'est l'autre main, Beyoncé, lui dit Colton en lui donnant une claque dans le dos.

Johnny abaissa sa main, me prit dans ses bras, puis me fit tourner en rond. Mes jambes se retrouvèrent en l'air derrière moi.

Je ris, mais je fus prise de vertige quand il me reposa sur le sol.

— Je veux t'épouser, dit Johnny en abaissant ses lèvres pour les poser sur les miennes.

— Moi aussi.

J'étais follement amoureuse. Prête à passer le reste de ma vie avec le cow-boy sexy que je venais de rencontrer une semaine auparavant.

Maintenant, je croyais *réellement* au destin.

CONTENU SUPPLÉMENTAIRE

Devinez quoi ? Voici un petit bonus rien que pour vous. Inscrivez-vous à notre liste de diffusion; un bonus spécial réservé à notre abonnés. En vous inscrivant, vous serez aussi informée dès la sortie de notre prochains romans (et vous recevrez un livre en cadeau... waouh !)

Comme toujours... merci d'apprécier mes livres.

http://vanessavaleauthor.com/v/2gk

OBTENEZ UN LIVRE GRATUIT DE VANESSA VALE !

Abonnez-vous à ma liste de diffusion pour être le premier à connaître les nouveautés, les livres gratuits, les promotions et autres informations de l'auteur.

LIVRE GRATUIT DE RENEE ROSE

Abonnez-vous à la newsletter de Renee

Abonnez-vous à la newsletter de Renee pour recevoir livre gratuit, des scènes bonus gratuites et pour être averti·e de ses nouvelles parutions !

https://BookHip.com/QQAPBW

LISTE COMPLÈTE DES LIVRES DE VANESSA VALE EN FRANÇAIS:

http://vanessavaleauthor.com/v/pp

OUVRAGES DE RENEE ROSE PARUS EN FRANÇAIS

À PROPOS DE VANESSA VALE

Vanessa Vale est une auteure à succès présentée dans USA Today. Elle écrit des romans d'amour captivants mettant en scène des mauvais garçons qui ne se contentent pas de simplement tomber sous le charme de leur femme, ils succombent corps et âme à l'amour. Ses livres se sont vendus à plus d'un million d'exemplaires. Elle vit dans l'Ouest américain, c'est là qu'elle puise toujours l'inspiration pour ses romans à venir.

https://vanessavaleauthor.com

À PROPOS DE RENEE ROSE

RENEE ROSE, AUTEURE DE BEST-SELLERS D'APRÈS USA TODAY, adore les héros alpha dominants qui ne mâchent pas leurs mots ! Elle a vendu plus d'un million d'exemplaires de romans d'amour torrides, plus ou moins coquins (surtout plus). Ses livres ont figuré dans les catégories « Happily Ever After » et « Popsugar » de USA Today. Nommée *Meilleur nouvel auteur érotique* par Eroticon USA en 2013, elle a aussi remporté le prix d'*Auteur favori de science-fiction et d'anthologie* de Spunky and Sassy, celui de *Meilleur roman historique* de The Romance Reviews, et les prix de *Meilleur roman de science-fiction, Meilleur roman paranormal, Meilleur roman historique, Meilleur roman érotique, Meilleur roman avec jeux de régression, Couple favori* et *Auteur favori* de Spanking Romance Reviews. Elle a fait partie de la liste des meilleures ventes de USA Today cinq fois avec plusieurs anthologies.

Abonnez-vous à la newsletter de Renee pour recevoir des scènes bonus gratuites et pour être averti·e de ses nouvelles parutions!

https://www.subscribepage.com/reneerosefr

www.ingramcontent.com/pod-product-compliance
Lightning Source LLC
Chambersburg PA
CBHW060237100726
47907CB00003B/672